La tía Tula

Letras Hispánicas

Miguel de Unamuno

La tía Tula

Edición de Carlos A. Longhurst

VIGESIMOSEGUNDA EDICIÓN

CÁTEDRA

LETRAS HISPÁNICAS

1.ª edición, 1987
22.ª edición, 2021

PAPEL DE FIBRA
CERTIFICADO

© Ediciones Cátedra (Grupo Anaya, S. A.), 1987, 2021
Juan Ignacio Luca de Tena, 15. 28027 Madrid
Depósito legal: M. 30.979-2011
I.S.B.N.: 978-84-376-0656-9
Printed in Spain

Índice

Introducción

1. La redacción de «La tía Tula»

La tía Tula tuvo una larguísima gestación. Se publicó por primera vez en 1921, pero Unamuno ya la tenía en proyecto en 1902. En fecha 3 de noviembre de ese año escribía al poeta catalán Juan Maragall:

> Ahora ando metido en una nueva novela, *La tía,* historia de una joven que rechazando novios se queda soltera para cuidar a unos sobrinos, hijos de su hermana que se le muere. Vive con el cuñado, a quien rechaza para marido, pues no quiere *manchar* con el débito conyugal el recinto en que respiran aire de castidad sus *hijos.* Satisfecho el instinto de maternidad, ¿para qué ha de perder su virginidad? Es virgen madre. Conozco el caso[1].

Aquí tenemos una descripción exacta del argumento de la obra que verá la luz de la imprenta diecinueve años después con el título de *La tía Tula.* El caso histórico al que parece referirse Unamuno no se conoce; pero de todas formas presentar un caso histórico no es lo que Unamuno se propuso hacer, como claramente indican no sólo la elección de *manchar* e *hijos,* sino también la sorprendente afirmación, en forma de pregunta, de que para la mujer la pérdida de la virginidad únicamente tiene sentido como medio de alcanzar la maternidad. Como veremos, Gertrudis, la heroína de la novela, es fiel personificación de esta idea.

---

[1] Citado por Manuel García Blanco en su edición de las *Obras Completas* de Unamuno, IX, Madrid, 1958-1964, pág. 31.

En la casa-museo de Unamuno en Salamanca se conserva un autógrafo de dieciséis folios que ha sido publicado y comentado muy recientemente por el profesor Geoffrey Ribbans[2]. También se conserva un borrador de prólogo que comienza así:

> Añado una novela más a la lista de mis desgraciadas. Nivolas y no novelas. No imaginación. Abstracciones. El hombre es idea, la idea hombre. Pasión. El de *Niebla*. Las notas de esta novela y trozo de ella, cap. ... hace años durmiendo, incubándose. Entre tanto, *Amor y pedagogía*, *Niebla*, *Nada menos etc.*, *Abel Sánchez*. Por fin, en la Peña. La Peña de Francia, pecho de la gran Tía maternal, Tierra entre rocas, bajo el padre Sol[3].

Este esquema de prólogo tuvo que ser escrito entre 1917 (fecha de publicación de *Abel Sánchez)* y 1920, pues el prólogo que lo sustituyó y apareció con la primera edición de la novela está fechado el día de los desposorios de Nuestra Señora (es decir, el 23 de enero) de 1920. En el último apartado de esta introducción comentaré el valor que para el estudioso de la novela puede tener este prólogo descartado. Lo único que de momento nos interesa anotar es la confirmación del propio Unamuno de que *La tía Tula* llevaba muchos años incubándose. Las notas que menciona no se han conservado en el archivo de Unamuno, pero en cambio ese «trozo de ella» tiene que ser el autógrafo de dieciséis folios que lleva el epígrafe «I» tachado y sobreescrito con «Cap. VII» y una anotación que dice: «Hay que empezar antes.» Aunque no es posible fechar este autógrafo, se trata evidentemente de una versión primitiva del comienzo de la novela, que pasará más adelante a ser el capítulo VII. Unamuno, pues, comenzó a redactar esta novela en 1902 o antes, y no la acabó hasta finales de 1919 o principios de 1920. Información re-

---

[2] «El autógrafo de parte de *La tía Tula* y su significado para la evolución de la novela», *Volumen-Homenaje a Miguel de Unamuno*, Salamanca, 1986, págs. 475-493.

[3] Reproducido por Manuel García Blanco, *loc. cit.*, pág. 32.

cogida en otra de sus cartas a amigos[4], nos permite especular que la redacción se debió de llevar a cabo en varias etapas con cambios y correcciones de una etapa a otra. *La tía Tula* es, por lo tanto, una obra surgida a lo largo de muchos años, y por consiguiente es de suponer que refleja unas ideas del autor no pasajeras, sino persistentes y ponderadas.

El cotejo del primitivo autógrafo con la versión final es de cierto interés para el estudio de la novela, por lo cual me permito hacer algunas observaciones al respecto y resumir las principales conclusiones del profesor Ribbans en su ya citado artículo.

Los primeros siete folios del autógrafo equivalen al capítulo VII de la versión definitiva, es decir, que la versión primitiva comenzaba con la viudez de Ramiro. Hay muchas variantes de vocabulario y expresión y algunas pequeñas adiciones y escisiones, y aunque éstas no cambian para nada el progreso de la narración, sí es de notar que en la versión definitiva hay unos leves toques que sirven para subrayar el papel maternal de Gertrudis: «Allí estuvo Gertrudis *mientras el cuidado de la pobrecita niña* [...] *se lo permitió*» (pág. 96), y «Gertrudis fue quien, *viniendo con la pequeñita al pecho*, cerró luego los ojos a su hermana» (pág. 97).

Tras los primeros siete folios viene una sección de otros siete folios aproximadamente que sobrevivirá sólo en parte en los capítulos VIII y IX de la versión final. Esta sección incluye ya el episodio del noviazgo de Gertrudis con Ricardo, como también la esperanza y el asedio de Ramiro tras la ruptura de ese noviazgo. En cambio, lo que no pasó a la versión final es este trozo tan explícito:

> Gertrudis desde mozuela había sentido en vivo la brutalidad y la petulancia del hombre. De chiquita, cuando jugaban juntos chicos y chicas, siempre aquéllos se entretenían en asustarlas con ratones, en perseguirlas, en decirles palabrotas feas y luego en echarse novia como quien se pone un adorno. Cuando ella no tenía aún doce años se le dirigió un mocosuelo pidiéndole relaciones y le despachó con

---

[4] Reproducida en parte por Manuel García Blanco, *loc. cit.*, pág. 33.

un ¡tonto! redondo y seco. Y le hería ver a sus amigas tan ufanadas jugando a los novios, para que ellos lo comentaran. La cosa era echárselas de mayores y pellizcarse el bozo ratonil por si así brotaba antes el bigote... ¡qué tonto es el hombre! Y no era lo peor que fuese tonto, sino bruto. Una vez encontró a Carmen llorando, mientras José Luis se iba tan satisfecho, y Gertrudis dijo a su amiga: vosotras tenéis la culpa por hacerles caso a estos mequetrefes, se os figura que sois más teniendo novio, y ellos, los muy babiecas, se hinchen y engríen con eso.

No es, por supuesto, que la Gertrudis de la versión definitiva sea diferente a la de la versión primeriza. Su aversión a la brutalidad del hombre sigue presente y ella misma llega a admitirlo. Lo que ocurre es que Unamuno es mucho menos explícito, no le interesa ofrecer explicaciones y antecedentes, sino dejar que la actitud antimasculina de Gertrudis le salga de lo hondo del ser y no de ciertos factores condicionantes históricos o ambientales. A cambio de las anécdotas de su niñez que sirven para explicar o al menos prefigurar su actitud de adulta, Unamuno nos ofrece otros detalles de la mujer adulta que insinúan más bien que afirman su repugnancia: «Y por las mañanas, luego de haberse levantado Ramiro, iba su cuñada a la alcoba y abría de par en par las hojas del balcón, diciéndose: "para que se vaya el olor a hombre"» (pág. 100).

Finalmente, los últimos dos folios del autógrafo relatan la visita de otra hermana de Gertrudis y el diálogo entre las dos, durante el cual Gertrudis acusa a su hermana de vivir como gitanos porque «tus hijos saben que te acuestas con tu marido»; y la hermana por su parte acusa a Gertrudis de ser remilgada y puritana y de causar habladurías entre la gente. Este desagradable enfrentamiento ha sido eliminado por completo mediante la supresión de la tercera hermana, cuyo único rastro en la versión final se encuentra en el nombre de la criada de la casa, Manuela. Una vez más es evidente que lo que Unamuno buscaba al efectuar estos cambios era evitar el ser demasiado explícito. Aún quedará, desde luego, el puritanismo de Gertrudis, su repugnancia a toda manifestación del instinto sexual, pero queda más por insinuación y sugerencia que por afirmación explícita.

En resumidas cuentas, los principales cambios sufridos por la versión primitiva en su recorrido hacia la versión final, serían los siguientes:

I) La acción se remonta a un momento anterior al matrimonio Rosa-Ramiro, en vez de comenzar con la esposa ya muerta. Este cambio le sirve al autor para sugerir que no se trata de que Gertrudis se niegue a ser la segunda esposa, sino que ya desde bastante antes de morir Rosa impuso su voluntad obligando a Ramiro a casarse con su hermana cuando en realidad él hubiese preferido casarse con Gertrudis.

II) Se subraya más claramente el culto de Gertrudis a la Virgen, lo cual sirve para hacer resaltar oblicuamente su inquebrantable propósito de ser virgen-madre, y a la vez se atenúan los comentarios más explícitos sobre su puritanismo y su horror al hombre y a la expresión del amor sexual.

III) Se introduce el tema de las abejas trabajadoras mediante la metáfora de la colmena. Para Gertrudis las abejas trabajadoras son las más valiosas y se deben respetar; los zánganos, en cambio, no representan sino la carnalidad[5].

A pesar de estos cambios, es obvio que en su esencia la idea de la novela existe ya en la versión primitiva y que esta idea fundamental no cambia en absoluto al volverse a redactar aquélla. Está claro que desde el principio Unamuno se propuso explorar la dicotomía virginidad-maternidad mediante un personaje totalmente fuera de lo corriente. Al intentar reconciliar estas dos tendencias opuestas —que, sin embargo, se dan juntas en uno de los fundamentos del cristianismo—, Unamuno ha creado un personaje paradójico, complejo, discutible, personaje que puede provocar —y de hecho ha provocado entre los críticos— reacciones tan dispares como la admiración y la repulsa. *La tía Tula* es una de

---

[5] Esta idea aparece en otros escritos unamunianos de aquella época. Véase David G. Turner, *Unamuno's Webs of Fatality*, Londres, 1974, pág. 99. Tanto Turner como Ribbans («A new look at *La tía Tula*», *Revista Canadiense de Estudios Hispánicos*, número homenaje a Unamuno, XI, núm. 2, 1986-1987), comentan el valor de esta metáfora en la novela.

las menos estudiadas y probablemente la menos comprendida de las novelas de Unamuno. En las páginas que siguen a continuación, y en la creencia de que el papel esencial del crítico no es ni ensalzar solemnemente dejándose llevar por el entusiasmo, ni menoscabar punitivamente dejándose llevar por el desagrado, sino arrojar luz en la medida de sus posibilidades, me propongo estudiar de una forma sencilla y directa las facetas de la novela que estimo centrales para el buen entendimiento de la misma.

2. El tema de la sexualidad

El tema de la sexualidad —sobre todo desde la vertiente psicológica y también en cierto sentido con fines cuasi-educativos— adquirió bastante prominencia durante las primeras décadas del siglo XX entre la nueva generación de escritores. No me refiero en absoluto a ese tipo de interés sexual en la literatura apelado erotismo. Por supuesto, la novela erótica existió, incluso con nuevo vigor, durante aquella época, como podemos observar con sólo consultar la nutrida obra de Eugenio García de Nora, *La novela española contemporánea*. Sin embargo, este tipo de tratamiento del tema sexual nada tiene que ver con el tratamiento que le dan un Unamuno, un Baroja, un Pérez de Ayala o un Gabriel Miró, o bien, saliéndonos del campo de la novela, un Gregorio Marañón[6]. En estos escritores el tema sexual es importante no en sí mismo, sino como revelación de, por una parte, la complejidad psicológica y moral del ser humano, y por otra, la deficiente «educación sentimental» de la sociedad española de la época. La visión que sostienen de la ética sexual en uso es profundamente crítica, pues ven en ella o el embrutecimiento del ser humano, o la hipocresía, o incluso la represión maligna del instinto natural. En Una-

---

[6] Como ejemplo de las obras de estos escritores en que el tema del comportamiento sexual desempeña un papel importante se podrían citar *Camino de perfección*, de Baroja; *Tinieblas en las cumbres* y *Las novelas de Urbano y Simona*, de Pérez de Ayala; *El obispo leproso*, de Miró; *Ensayos sobre la vida sexual* y *Don Juan*, de Marañón.

muno el tema sexual aparece en varias novelas, pero —con una sola excepción— más bien de forma episódica que como idea central[7]. La excepción, claro está, es *La tía Tula*, donde el tema sexual domina la novela, aunque la domina —y en esto Unamuno demuestra su fuerte originalidad y su afición a la paradoja— a través de una mujer virgen.

Ante todo hay que dejar bien en claro que Gertrudis no es una mujer asexual o frígida. Verdad es que el atractivo sexual de su hermana Rosa tiene más inmediatez; pero en cambio el de Gertrudis es más profundo: «bien miradas y de cerca, aún despertaba más Gertrudis el ansia de goce» (pág. 67). Los hombres, que reconocen inmediatamente el encanto sexual de Rosa a ras de flor, vislumbran en Gertrudis un incentivo más potente y hechicero. Pero no son sólo los demás los que intuyen la fuerza sexual de Gertrudis. Unamuno deja bien en claro, aunque no lo diga explícitamente, que es también la misma Gertrudis la que siente la sexualidad dentro de sí: en varios momentos del relato podemos apreciar que ella lucha por dominar sus instintos naturales. Cuando le dice a Ramiro fríamente que o se casa con Rosa o se marcha, Gertrudis oculta sus instintos de mujer enamorada: «durante él [el silencio de hielo] la sangre, antes represada y ahora suelta, le encendió la cara a la hermana. Y entonces, en el silencio agorero, podía oírsele el galope trepidante del corazón» (pág. 76). La excesiva sensibilidad de Gertrudis a todo lo sexual se revela precisamente en su obsesión por barrer de su presencia toda manifestación que le haga tener que enfrentarse a ese poderoso instinto. No quiere que el ama enseñe el pecho al dar de mamar al bebé, y

---

[7] En novelas que a primera vista no asociaríamos para nada con el tema sexual hay referencias pasajeras pero reveladoras, como por ejemplo en *Niebla*, donde se hace referencia al matrimonio sin hijos como *concubinato higiénico*. Unamuno, sin embargo, parecía temer que se detectase algún viso de pornografía en su obra, temor, por supuesto, injustificado, pero que le hizo defenderse contra una imaginaria acusación de tal en *Niebla*, donde uno de los personajes dice que Unamuno «estima que la preocupación libidinosa es lo que más estraga a la inteligencia». Como vamos a ver enseguida, es esta «preocupación libidinosa» la que Gertrudis intenta desterrar de su hogar familiar.

cuando Ramiro sale de casa quiere también que salga el olor a hombre por los balcones, olor aspirado sólo por Gertrudis, ya que los pequeños no habrían reparado en ello, y que ella misma siente la necesidad de disipar. La obsesión de Gertrudis por ocultar a los niños cualquier indicio de sexualidad no sólo le lleva a marginar a Ramiro para desviar todo avance sexual de éste, lo cual puede resultar comprensible, sino que además en vida de Rosa se las componía para que Ramirín, ya desde la más tierna infancia, «no se percatase [...] de los ardores de sus padres» (pág. 82). Cuando Ramirín va siendo mayor le ayuda en sus lecciones, pero huyendo de enseñarle anatomía y fisiología, porque «ésas son porquerías» (pág. 146). La sexualidad es, pues, un peligro para los niños, pero tras esta actitud de Gertrudis lo que se adivina muy a las claras es que para quien es un peligro es para ella. Resulta, por lo tanto, que Gertrudis es muy consciente del sexo y de lo sexual, y su deseo carnal negado (y digo negado más bien que reprimido, porque esto último implica un proceso inconsciente y la conducta de Gertrudis no tiene absolutamente nada de inconsciente) se revela de diversas formas pero de manera constante. Esta deliberada negación del instinto sexual la compensa Gertrudis con unos actos sustituidores que le ponen al alcance una especie de experiencia sexual vicaria. Cuando le da el biberón al más pequeño de los cinco críos, la hija de Manuela, «poníale a la criaturita uno de sus pechos estériles, pero henchidos de sangre, al alcance de las manecitas para que siquiera las posase sobre él mientras chupaba el jugo de vida. Antojábasele que así una vaga y dulce ilusión animaría a la huérfana. Y era ella, Gertrudis, la que así soñaba. ¿Qué? Ni ella misma lo sabía bien» (pág. 144). Pero aunque ni ella ni —más al caso— Unamuno sepan qué es lo que sueña, la imagen de los pechos henchidos de sangre tiene una connotación más que suficientemente sexual para obligarnos a descartar la tesis de frigidez. Esta satisfacción sexual vicaria o substitutiva se nota también en la insistencia de Gertrudis de que Rosa se dedique a «atender», como dice eufemísticamente, a su marido:

—Dámelo, Rosa, dámelo [el niño], y vete a entretener a tu marido...

   —Pero, Tula...

   —Sí, tú tienes que atender a los dos, y yo sólo a éste.

   —Tienes, Tula, una manera de decir las cosas... (pág. 82).

Aquí tenemos una de las paradojas en la actitud de Gertrudis: ella no está dispuesta a mancharse entregándose a ningún hombre, pero, sin embargo, incita a su hermana a pasarse la vida en la cama con Ramiro. Y aún hay más, porque Gertrudis es casi partícipe en la cópula de su cuñado y su hermana, pues no se le ocurre pensar otra cosa que cuando Ramiro engendró a Ramirín en Rosa estaba pensando en ella, en Gertrudis.

Imposible, pues, negar la sexualidad de Gertrudis. Ésta no rechaza su propia sexualidad, sino que lo que rechaza es al hombre como medio de alcanzar su plenitud de mujer y la realización de sus instintos maternales. Curiosamente, la insinuación de esterilidad que le hace don Juan, el médico (y que ni siquiera es insinuación, sino más bien imaginación de la misma Gertrudis), la vuelve furiosa: «nadie puede decir que yo sea estéril» (pág. 138). Evidentemente no, pero el anverso de la moneda es que Gertrudis se morirá sin saber que no lo era. Para ella, lo más precioso, lo que no está dispuesta a sacrificar, es su virginidad. Ser madre y amamantar a los críos es perfectamente aceptable, pero llegar a ello mediante la sumisión sexual a un hombre, no. Tan fuerte es este sentimiento de virginidad en Gertrudis que ni siquiera está dispuesta a admitir que ha sido hija de padre carnal. Para ella su padre fue don Primitivo, padre totalmente asexual por su condición de sacerdote. Al apropiarse un padre célibe, Gertrudis implícitamente niega ser vástago de una unión carnal. Ella es hija de su madre, como su madre, hermana de don Primitivo, lo había sido de la suya. De esto es de lo que se acuerda Gertrudis en la muerte de su tío: de haber rezado el rosario por su madre y por su abuela, pero nunca por su padre o por su abuelo. En don Primitivo ve Gertrudis al varón matriarcal, al varón a quien ella no teme porque no ve en él ningún indicio de sexualidad. Don Primitivo no es más que el guardián castrado que vigila la sucesión del linaje femenino. Para Gertrudis don Primitivo es el proveedor de un hogar limpio, de un hogar sin misterio, es decir, asexual. Algún que otro crítico ha querido ver en la tutela de las dos huérfanas por parte de su tío sacerdote y en el culto familiar a la Virgen la verdadera explicación de la aversión que Gertrudis, ya adulta, siente por el acto sexual. Pero esta explicación no resulta convincente por dos razones. Primero, porque Rosa, que ha tenido exactamente la misma educación que Gertrudis, no reacciona de la misma manera: para ella el acto sexual es perfectamente normal. Y segundo, porque por muy célibe que sea y por mucha devoción mariana que demuestre, don Primitivo —el de Unamuno, no el de Gertrudis— ni es hostil al matrimonio ni insensible a las atracciones femeninas, pues de su sobrina Rosa dice: «Pero qué hermosa la ha hecho Dios, Dios sea alabado [...]; esta chica o hace un gran matrimonio con quien ella quiera, o no tienen los mozos de hoy ojos en la cara» (págs. 70-71). No es, pues, tan obvia la explicación de la actitud de Gertrudis. Volveremos sobre ello en los próximos apartados, pero de momento detengámonos algo más en perfilar la conducta de Gertrudis y en indagar qué concepto pudo tener Unamuno de su personaje.

El comportamiento de Gertrudis tiene dos facetas, una que podríamos llamar positiva y otra negativa. Lo positivo está en su plena dedicación al bienestar de los niños; lo negativo en su repugnancia por el acto sexual[8]. Ambos impulsos desempeñan un papel fundamental en su vida. Gertrudis da rienda suelta a su instinto de maternidad mientras que rechaza toda oportunidad de llegar a ser madre natural mediante el matrimonio. Hoy en día, acostumbrados como estamos a la mujer independiente que elige valerse por sí misma y servirse del banco de semen para concebir sin ser fecundada directamente por un hombre, la actitud de Ger-

---

[8] Cfr. Geoffrey Ribbans: «Unamuno's story starts therefore with two preconditions, one negative, rejection of sexual relations, the other positive, yearning for children: two roles in life which are in natural terms completely incompatible» («A new look at *La tía Tula*», *loc. cit.*). Casi toda la novelística unamuniana se nutre de la paradoja como fundamento, con el ejemplo máximo en *San Manuel Bueno, mártir*, en que un cura que no cree en la vida eterna hace todo lo posible porque crean sus feligreses.

trudis no conllevaría ninguna contradicción. Pero en la época en que Unamuno escribió su novela la ciencia no había avanzado lo suficientemente para ofrecer a la mujer la posibilidad de concebir mediante la inseminación artificial con donante anónimo. Al rechazar todo contacto sexual con el hombre, Gertrudis se condena a la esterilidad, pero en cambio no se resigna a la idea de no tener hijos. Tal vez pueda parecer a primera vista que la determinación de Gertrudis de permanecer soltera es pura consecuencia de su preocupación por el bienestar de sus tres sobrinos una vez muerta Rosa. Pero como ya hizo constar Ricardo Gullón, «ver en Tula el ejemplo de una tía que, por vicisitudes naturales de la vida, se hace cargo de los sobrinos huérfanos y mantiene la continuidad de la familia sirviéndoles de segunda madre es empequeñecer notablemente la invención unamuniana»[9]. Efectivamente, no se trata de un caso, como hay tantos, en que una mujer sacrifica la posibilidad de tener familia propia por cuidar de padres ancianos o sobrinos huérfanos. Al contrario, la decisión de Gertrudis de hacerse madre de los hijos de Rosa es consecuencia de otra decisión anterior: el preservar su virginidad a toda costa. Veamos en más detalle cómo ello es así.

Desde un principio Gertrudis se dispone «a ser tía» (pág. 68) y no quiere que las relaciones formales entre Rosa y Ramiro se aplacen, no vaya a ser que el uno o la otra cambien de parecer. Cuando Ramiro comienza a interesarse por ella, Gertrudis no sólo se muestra esquiva, sino que inmediatamente arregla la boda de su hermana para cortar de raíz las atenciones amorosas que Ramiro lucha por manifestarle. A punto de declarársele él, Gertrudis lo ataja sin piedad. Ella sabe que él está enamorado de ella; y nosotros sabemos, por indicación del narrador, que ella no es indiferente a él. Sin embargo, prefiere precipitar el matrimonio de su hermana antes que entregarse a Ramiro. El matrimonio de Rosa es creación de Gertrudis, y no resulta, por lo tanto, muy convincente la idea de varios críticos de que la conducta poste-

---

[9] Ricardo Gullón, *Autobiografías de Unamuno,* Madrid, 1964, pág. 209.

21

rior de Gertrudis se debe a celos o a envidia[10]. Nada más fácil que haberse casado con Ramiro en primeras nupcias. Pero lo que Gertrudis va buscando es vivir el matrimonio a través de su hermana y no por cuenta propia.

Una vez casados, Gertrudis deja que el nuevo matrimonio se dedique a sus amores, aunque aconsejándoles que no pierdan el tiempo con un perrito; pero en cuanto Rosa se queda encinta comienzan a menudear las visitas. Al nacer Ramirín, Gertrudis se arroga el papel de comadrona y se hace cargo del bebé, no sin dejar de enviar al pobre marido a la parturienta, no para darle las gracias, sino para pedirle perdón, perdón, es de suponer, por haberla sometido a la esclavitud sexual a la que Gertrudis no está dispuesta a someterse. A partir de aquí el papel que Gertrudis ha elegido desempeñar en la vida está conseguido: el de virgen-madre. A su hermana la incita a tener más críos: «¡Ahora, ánimo, y a otra!» (pág. 81); y cuando el bonachón de don Primitivo se permite una levísima protesta, le contesta: «¿para qué se han casado si no?» (pág. 81), respuesta que vuelve a repetir a su hermana cuando ésta, al quedarse encinta por tercera vez, se queja de su fecundidad. Hasta tal punto alcanza el ansia de Gertrudis por desempeñar el papel de madre que llega a pedirle a la Virgen que haga un milagro para que por sus pechos secos corra la leche con que amamantar al tercer hijo de la moribunda Rosa. Muerta ésta, Gertrudis se muda a casa de Ramiro para mejor ocuparse, ya como madre única, de sus «hijos». Sin embargo, la promesa que le hizo a su hermana en su lecho de muerte no la cumplirá, o al menos la cumplirá a su manera y no a la manera en que la había entendido Rosa. Rosa, evidentemente, pide a su hermana que contraiga matrimonio con Ramiro para así cuidar mejor de sus hijos y de su viudo, pero Gertrudis se resiste a aceptar que ésa pudiese ser la última voluntad de su hermana: «Sí, me

[10] Entre otros, Ricardo Gullón, *op. cit.;* Juan Rof Carballo, «El erotismo en Unamuno», *Revista de Occidente*, 2.ª época, XIX (1964), págs. 71-96; y Catherine M. Reiff, «Maternidad y soledad en *La tía Tula*», *Ínsula*, núm. 463 (junio de 1985), págs. 14-15.

dijo que yo habría de llegar a ser la mujer de su hombre, su otra mujer [...], pero no pudo querer eso, no, no pudo quererlo..., yo, en su caso, al menos, no lo habría querido [...]. No, lo que me pidió es que impida que sus hijos tengan madrastra. ¡Y lo impediré! Y casándome con Ramiro, entregándole mí cuerpo, y no sólo mi alma, no lo impediría... Porque entonces sí que sería madrastra. Y más si llegaba a darme hijos de mi carne y de mi sangre...» Y el narrador añade, como para ayudarnos a bien interpretar los argumentos de Gertrudis: «Y esto de los hijos de la carne hacia palpitar de sagrado terror el tuétano de los huesos del alma de Gertrudis, que era toda maternidad, pero maternidad de espíritu» (págs. 108-109). Los argumentos que esgrime Gertrudis en esta ocasión, como en tantas otras —que Rosa no pudo querer que su hermana se interpusiese entre ella y Ramiro o que la sombra de la difunta se interpusiese entre el marido y su segunda esposa—, son meros pretextos para reforzar y racionalizar la única realidad que cuenta, y la realidad es que ha rehuido el casarse con Ramiro, tanto antes como después de muerta su hermana. Tras la viudez de Ramiro, Gertrudis vive en continuo estado de sobresalto a consecuencia de la excitación amorosa de su cuñado, al que intenta mantener a distancia mediante una serie de ardides y sobre todo utilizando la presencia de los niños como coraza. Se lleva a la familia al campo pensando que esto calmará los ardores de Ramiro, pero descubre que el campo, lejos de ser una fuente de pureza, rezuma sensualidad. La preñez de Manuela, la criada de la casa, supone para Gertrudis el verse a salvo de Ramiro y de tener que darle a éste la contestación en el plazo de un año a su propuesta de matrimonio. Sin pensar en las posibles consecuencias para el viudo y la hospiciana, inmediatamente decreta la celebración del matrimonio de la criada y el señor de la casa, con el curioso argumento de que es justamente lo que hubiera querido Rosa (es, al contrario, lo que Rosa temía y había querido evitar), y con la amenaza de divulgar el escándalo si Ramiro no accede a su petición. Tal vez lo más significativo de este doble rechazo de Ramiro por parte de Gertrudis sea que no lo hace por falta de amor, ya que la sospecha de que Gertrudis realmente quiere a Ramiro parece confirmarse en el lecho de muerte de éste cuando, emocionados los dos, se dan un profundo y único beso. Tras de lo cual le invade a Gertrudis la preocupación de que si Ramiro llega ahora a reponerse le será doblemente difícil resistir, contingencia de que le salva la muerte de éste. No es Ramiro el único hombre a quien Gertrudis rechaza. También desecha la oportunidad de casarse con Ricardo a favor de quedarse de madre de sus sobrinos, a los que no podría cuidar, dice, si tuviera hijos propios. Y finalmente rechaza, de la forma más despiadada y brutal, al pobre de don Juan, que ha tenido la candidez de confesarle que él no puede tener hijos:

> —[...] y no vuelva a poner los pies en esta casa.
> —¿Por qué, Gertrudis?
> —¡Por puerco! (pág. 138).

Al llegar aquí se hace patente la tremenda contradicción que hay en el argumento de Gertrudis para no casarse. Según ella —y este argumento lo utiliza en varias ocasiones—, la razón por la que no debe casarse, ni con Ramiro ni con Ricardo, es que si su matrimonio tuviera fruto, los nuevos hijos se interpondrían entre ella y sus hijos adoptivos: «no me expondría a que unos [hijos] míos, es decir, de mi vientre, pudiesen mermarme el cariño que a ésos tengo» (pág. 102). Con don Juan esa posibilidad no existe, lo cual en vez de tranquilizarla la enfurece, por parecerle que ello supone un rebajamiento inaceptable de las relaciones conyugales: para Gertrudis el único fin posible del matrimonio es la procreación. Las palabras con que despacha a don Juan, reacción más espontánea que las más deliberadas de las otras ocasiones, revelan hasta qué punto Gertrudis es gobernada por un sentimiento de asco hacia las relaciones sexuales. Este sentimiento va acompañado de una autoestima que le impide sobreponerse a su temor y aceptar la sexualidad masculina como impulso natural. Si el someterse a un hombre es ya de por sí harto desagradable, el someterse cuando ni siquiera hay la posibilidad de concebir es absolutamente degradante. Eso sería, en palabras de Gertrudis, ser remedio, y como le dice a su confesor, «¡Yo no puedo ser remedio contra nada! ¿Qué es eso de considerarme remedio? ¡Y remedio... contra eso! No, me estimo en más» (pág. 120).

El hogar que Gertrudis intenta crear, hogar casto y limpio, es uno en el cual toda manifestación de sexualidad, por hechos o por palabras, deberá quedar desterrrada, excepto en el caso, insalvable, de la procreación; pero incluso la procreación es para Gertrudis, no una consecuencia de la sensualidad, sino una superación de ella, al menos cuando de otros se trata. Así pues, hace todo lo posible por acortar el noviazgo de Rosa y Ramiro y luego el de Ramirín y Caridad («se propuso casarlos cuanto antes», pág. 149), pues el noviazgo se presta a sensualidades cuyo fin es libidinoso más que procreativo. Para Gertrudis el hombre es un bruto que se acerca a la mujer impulsado sólo por la sensualidad. Su arrogante feminismo le hace incluso ver en el cristianismo una religión de hombres que no ha hecho nada por redimir la suerte de la mujer. Difícil saber si el feminismo de Gertrudis es causa o mera racionalización de su aversión por los hombres. En una ocasión llega a confesar que «el hombre, todo hombre [...] me ha dado miedo siempre» (pág. 132). La repugnancia por todo lo que tenga cualquier conexión con el sexo más bien parece tener una raíz fisiológica que ética o social, aunque precisar la causa de la exagerada actitud de Gertrudis no es cosa que parezca interesar mucho a Unamuno. Lo que Unamuno recalca es el culto exagerado de Gertrudis a la Virgen Madre —y no precisamente por ser madre de Dios— y su concomitante afán de pureza, que tampoco es pureza en el sentido netamente religioso, sino más bien un afán desorbitado de limpieza que refleja su horror al sexo. Este horror no lo pierde Gertrudis ni en su lecho de muerte, cuando parece arrepentirse del trato que le deparó a Ramiro, pues aunque ahora predica el enfangarse para sacar al compañero del lodazal, la terminología que utiliza (albañal, pozo negro, légamo, porquería, podredumbre) deja bien en claro que ante el hecho sexual su reacción sigue siendo de asco. A fin de cuentas, no resulta nada fácil el ver en Gertrudis un símbolo de protesta y rebelión contra la posición de inferioridad de la mujer en la sociedad española o incluso en el matrimonio como institución, por lo que más bien hemos de inclinarnos a pensar que lo que se propuso el novelista fue crear un caso excepcional de una persona arrastrada por dos impulsos totalmente irreconciliables, virginidad y maternidad, que ella lucha denodadamente por conciliar.

3.   EL TEMA DE LA PERSONALIDAD

En el prólogo, ya harto conocido, a su obra *Tres novelas ejemplares y un prólogo*, Unamuno expone algunas de sus ideas sobre un tema que adquiere en su obra dimensión de preocupación fundamental, el de la personalidad, es decir, el concepto que el ser humano se forma de sí mismo y de los demás. A las tres personalidades del escritor norteamericano Oliver Wendell Holmes, el que uno es para Dios, el que uno es para los demás y el que uno es para sí mismo, Unamuno añade una más, el que uno quisiera ser. Esta nueva categoría, al pronto tan inocua, permite a Unamuno introducir en sus personajes novelescos una tensión creadora que se convierte en fuerza motriz de la narración. Efectivamente, casi todos los héroes y heroínas de los relatos unamunianos luchan —Unamuno los llama *agonistas,* es decir, luchadores— por crearse un otro yo, y en esa lucha está su razón de ser. De todas las posibles personalidades de una persona, la personalidad que quiere ser es, para Unamuno, la más importante y significativa. Salvo que «este hombre que podríamos llamar, al modo kantiano, numénico, este hombre volitivo e ideal —de idea-voluntad o fuerza— tiene que vivir en un mundo fenoménico, aparencial, racional, en el mundo de los llamados realistas. Y tiene que soñar la vida que es sueño. Y de aquí, del choque de esos hombres reales, unos con otros, surgen la tragedia y la comedia, y la novela y la nivola»[11]. Esta cita, a pesar de lo escueta, encierra toda una teoría de la novela, o mejor dicho, de lo que Unamuno piensa que debe ser la novela.

[11] Unamuno, *Tres novelas ejemplares y un prólogo, Obras Completas,* ed. cit., IX, pág. 418. Nivola es el vocablo con que Unamuno bautizó a su novela *Niebla* y por extensión a toda su obra novelesca.

En torno a la protagonista de la novela que ahora nos ocupa ha surgido una curiosa división de opinión entre la crítica. Con escasas excepciones, los críticos que se han ocupado de *La tía Tula* han adoptado una de dos posiciones radicalmente opuestas. A un extremo están los que son favorables a Gertrudis, viendo en ella una mujer ejemplar que se sacrifica hasta casi la santidad; y al otro los que son hostiles al personaje, viendo nada menos que un monstruo. Para Julián Marías, Gertrudis es «la fundadora de la convivencia familiar»; para Carlos Blanco Aguinaga es «bondadosa y tierna»; y para Antonio Sánchez Barbudo, el crítico cuyo dictamen es el más favorable de todos, es «generosa, abnegada, dispuesta siempre a contribuir a la felicidad de los otros, olvidando la suya propia»[12]. En cambio, Ricardo Gullón encuentra que tras la abnegación de Gertrudis se halla un «monstruo agazapado» cuya «conducta es inhumana»; Juan Rof Carballo ve en ella un símbolo de la envidia femenina; y Frances Wyers nos la presenta como persona *rapacious and devouring* cuyo afán de control de los demás tiene *devastating consequences*[13]. Gertrudis, pues, provoca en críticos y lectores reacciones muy dispares, lo cual nos da alguna indicación de la complejidad del personaje. Esta complejidad no es fortuita, sino más bien consecuencia directa de la manipulación del personaje por parte del autor de acuerdo con sus ideas sobre la personalidad. Pero no confundamos personalidad —en el sentido unamuniano— con carácter. Hay facetas del carácter de Gertrudis que están delineadas con perfecta claridad y que no podemos poner en duda, por ejemplo su autoritarismo, su individualismo, su tenacidad. Pero personalidad para Unamuno significaba algo mucho más profundo y personal —y por tanto difícil de definir— que la suma de los ras-

[12] Julián Marías, *Miguel de Unamuno*, 2.ª edición, Buenos Aires, 1951, pág. 116. Carlos Blanco Aguinaga, *El Unamuno contemplativo*, México, 1959, pág. 124. Antonio Sánchez Barbudo, Introducción a *La tía Tula*, Madrid, 1981, pág. 10.

[13] Ricardo Gullón, *op. cit*, págs. 214-215. Juan Rof Carballo, *op. cit.*, pág. 74. Frances Wyers, *Miguel de Unamuno: The Contrary Self*, Londres, 1976, pág. 80.

gos físicos y caracteriológicos; significaba, como acabamos de ver, algo así como la totalidad de la persona en su dimensión espiritual, el concepto que nos formamos de nosotros mismos y de los demás con todos nuestros prejuicios, aspiraciones, esperanzas y temores. Para Unamuno el ser humano es un ser contradictorio que lleva dentro de sí las siete virtudes y los siete pecados capitales[14], por lo cual no nos debe de extrañar que los personajes unamunianos sean contradictorios y nada fáciles de calar. Las discrepancias entre los estudiosos son tal vez comprensibles, aunque siempre hay quien prefiere la reacción apasionada al intento de comprender. La forma en que algunos críticos han puesto toda clase de objeciones a la conducta de Gertrudis, y algunos por ende al mismísimo Unamuno, no hubiese sorprendido en lo más mínimo al escritor, pues éste escribió en su prólogo a la novela:

> En mi novela *Abel Sánchez* intenté escarbar en ciertos sótanos y escondrijos del corazón, en ciertas catacumbas del alma, adonde no gustan descender los más de los mortales. Creen que en esas catacumbas hay muertos, a los que lo mejor es no visitar, y esos muertos, sin embargo, nos gobiernan. Es la herencia de Caín. Y aquí en esta novela [es decir, en *La tía Tula*] he intentado escarbar en otros sótanos y escondrijos. Y como no ha faltado quien me haya dicho que aquello era inhumano, no faltará quien me lo diga, aunque en otro sentido, de esto (pág. 72).

También hay críticos que acusan a Unamuno de ambivalencia hacia su personaje[15], acusación que, sin dejar de ser técnicamente correcta, se basa en dos suposiciones arbitrarias: que un autor no debe de ninguna forma entretener una actitud ambivalente hacia sus personajes, y que los personajes deben de ofrecer una perfecta claridad en sus móviles. Tales suposiciones serían tal vez admisibles tratándose de la novela realista decimonónica, pero de ninguna manera se pueden

---

[14] *Obras Completas,* ed. cit., IX, pág. 421.
[15] Por ejemplo, Martin Nozick, *Miguel de Unamuno,* Boston, 1971, pág. 156; Frances Wyers, *op. cit.,* pág. 81.

sostener tales criterios tratándose de la nueva novela de las primeras décadas del siglo XX. Sostener estos criterios supondría devaluar gran parte de la novela de la época, incluidas obras de escritores a primera vista menos revolucionarios en sus técnicas, como son un Joseph Conrad, un Pío Baroja o un Thomas Mann, en muchas de cuyas novelas hallamos personajes cuya esencia es ambigua por diseño del autor, lo cual refleja a su vez la convicción de que resulta imposible llegar a la verdadera esencia de la personalidad, saber cuál es el verdadero yo[16]. Como bien dice Ricardo Díez, refiriéndose a la novela corta *Dos madres* como antecedente de *La tía Tula*, «esta confrontación con el misterio, con lo inexplicable, es característico de la narrativa contemporánea. El autor no hace nada por resolverlo, ya que él sabe bien que no se puede resolver. Se limita a presentar el encuentro con lo misterioso que es una de las cosas que hace al hombre humano»[17].

La dificultad de llegar a comprender a fondo lo que nos impulsa en nuestros anhelos y en la forma de proyectarnos ante nosotros y ante los demás queda doblemente reflejada en *La tía Tula*: en la incomprensión que demuestran hacia la protagonista otros personajes, y en las dudas que ella misma sufre acerca de sus propios móviles. A Gertrudis no la comprende nadie; ni siquiera su hermana Rosa la comprende del todo a pesar de que es quien mejor la conoce. Rosa, cuya falta de voluntad queda ampliamente contrastada con el dominio implacable que ejerce Gertrudis sobre los demás, se deja llevar pasivamente por su hermana, extrañándose de la insistencia de Gertrudis en apresurar primero el noviazgo y luego la boda sin tener en cuenta la opinión pública que preocupa a la más convencional de las dos hermanas. Y aunque Rosa sí parece en alguna ocasión vislumbrar algo del complejo maternal de Gertrudis, no acierta a entenderlo: ni comprende por qué Gertrudis se niega a venirse a vivir con

---

[16] Entre muchísimos ejemplos, podría citar *Lord Jim*, de Conrad, *César o nada*, de Baroja, y *Felix Krull*, de Mann.

[17] Ricardo Díez, *El desarrollo estético de la novela de Unamuno*, Madrid, 1976, pág. 190.

ella y Ramiro ni poco antes de morir comprende que Gertrudis se está negando a acceder a su petición de casarse con Ramiro. Ramiro por su parte no comprende por qué su cuñada se le resiste, por qué está dispuesta a vivir en su casa y cuidar de sus hijos («nuestra casa y nuestros hijos», dice ella) y en cambio no está dispuesta a aceptarlo a él como esposo. Parecido error comete Ricardo, el cual interpreta la negativa de Gertrudis como indicación de que secretamente proyecta casarse con Ramiro y se resiste a aceptar la explicación de ella de que su única preocupación son los sobrinos: «Pues a nadie le convencerás, Tula, de que no te has venido a vivir aquí por eso» (pág. 102), es decir, por «pescar» a Ramiro. La misma idea tiene más adelante don Juan el médico, convencido de que Gertrudis estaba esperando cazar a Ramiro tras la muerte de Manuela: «Está visto; esta cuñadita contaba con volver a tenerle libre a su cuñado» (pág. 131), con el agravante de que tras la muerte de éste comete el error de herir profundamente el amor propio de Gertrudis por su torpe oferta de matrimonio. Parecida insensibilidad demuestra el padre Álvarez, confesor de Gertrudis, delatando así su falta de comprensión de la mentalidad de esta penitente poco común. Primero le sugiere que el vivir en casa de Ramiro provoca habladurías, sin comprender que una persona tan independiente en su manera de pensar como Gertrudis nunca se dejará influir por el qué dirán. Luego le sugiere que bajo la actitud suya hacia Ramiro hay un deseo de venganza originado por viejos celos, sin reconocer el derecho de Gertrudis a quererlo, pero no para marido. Y finalmente le recuerda la tercera razón con que la Iglesia defiende la institución del matrimonio —el aquietar la concupiscencia—, lo cual provoca la violenta reacción de Gertrudis contra todo lo sensual: como mujer independiente y orgullosa, ella no ve por qué ha de tener que solucionarle los problemas sexuales a su cuñado. La exasperación de Gertrudis con su confesor es comprensible: «No hablemos ya más, padre, que no podemos entendernos, pues veo que hablamos lenguas diferentes. Ni yo sé la de usted ni usted sabe la mía» (pág. 120). El que ni siquiera intenta comprender a Gertrudis es el bueno de don Primitivo, actitud que el narrador anota con reveladora aprobación: «Además —se decía a sí mismo con muy buen acierto don Primitivo—, ¿para qué me voy a meter en sus inclinaciones y sentimientos íntimos?» (pág. 70). A pesar de que las reacciones de todos estos personajes hacia la conducta y las actitudes de Gertrudis resultan perfectamente normales, Unamuno deja bien en claro que las inferencias más o menos lógicas que ellos hacen distan mucho de explicar la personalidad de Gertrudis y que ninguno de ellos la comprende ni nadie ha sabido penetrar su alma. Pero ¿es que se comprende ella a sí misma?

La voluntad férrea de Gertrudis —la forma en que hace suyos a los hijos de los demás, satisfaciendo así su fuerte instinto de maternidad sin tener que someterse para ello a la brutalidad del hombre— es innegable. Y, sin embargo, Unamuno nos sugiere una Gertrudis íntima que resta algo a la Gertrudis mandona, decidida e inquebrantable que vemos actuar a lo largo de la narración. Los demás personajes no sospechan la lucha interna que se está librando en la mente de esta mujer indomable, pero el narrador lo declara abiertamente en numerosas ocasiones, por ejemplo, cuando Gertrudis tiene que tomar una decisión sobre la petición del viudo Ramiro: «[...] en el alma cerrada de Gertrudis se estaba desencadenando una brava galerna. Su cabeza reñía con su corazón, y ambos, corazón y cabeza, reñían en ella con algo más ahincado, más entrañado, más íntimo, con algo que era como el tuétano de los huesos de su espíritu» (pág. 108). Con estas palabras, sugestivas pero algo misteriosas, Unamuno parece querer darnos a entender que el enfrentamiento tradicional entre inteligencia e instinto no es el único aspecto caracterizador de la personalidad, y que más allá de estos dos impulsos conflictivos hay todavía un impulso mayor que nos invita a actuar, no según nuestra inteligencia o según nuestros afectos, sino según una fuerza indescriptible que domina nuestro ser. El profesor Ribbans identifica esta fuerza con el concepto unamuniano del *querer ser*[18], que para Unamuno era la expresión máxima de la personalidad, ya que «éste, el que uno quiere ser, es en él, en su

---

[18] Geoffrey Ribbans, «A new look at *La tía Tula*», *loc. cit.*

seno, el creador, y es el real de verdad. Y por el que hayamos querido ser, no por el que hayamos sido, nos salvaremos o perderemos. Dios le premiará o castigará a uno el que sea por toda la eternidad lo que quiso ser»[19]. Sin embargo, esa persona que Gertrudis quiere ser —virgen y madre (en imitación de la suprema y única Virgen Madre) a la cabeza de una dinastía familiar— le origina dudas, luchas consigo misma, y al final remordimiento. Estas dudas van cobrando mayor vigor a partir de la muerte de su hermana. Su irresolución interior ante el problema de su cuñado viudo que la solicita como esposa se transparenta en la pregunta que se dirige a sí misma: «¿me entiendo yo misma? ¿Es que me entiendo?» (pág. 120). Gertrudis sí sabe qué es lo que quiere: «maternidad de espíritu»; pero no sabe por qué ni hasta qué punto debe llevar su anhelo. La preñez de Manuela la saca de la horrible coyuntura que tanto desasosiego le causa, pero ella misma admite más adelante que no sabe qué determinación hubiese tomado de no acaecer esta eventualidad. No es que Gertrudis admita en ningún momento que el papel de virgen madre que elige para sí sea equivocado o pecaminoso; lo que le causa remordimiento es sólo el considerar las consecuencias que su actitud ha tenido para Ramiro y para Manuela. Por ello le pide perdón a Ramiro en su lecho de muerte; por ello le confiesa al padre Álvarez que su vida es un fracaso porque «yo le hice desgraciado, padre; yo le hice caer dos veces: una con mi hermana, otra vez con otra...» (pág. 148); por ello se pregunta si no habrá sido ella quien ha matado a Manuela; por ello se refiere a los hijos de Manuela como «hijos de mi pecado» (pág. 136); y por ello, ya moribunda, les aconseja a sus sobrinos que no duden en mancharse si se trata de sacar a alguien del lodazal. Gertrudis se muere con su misma actitud de siempre hacia las relaciones sexuales; pero convencida de que esos furiosos anhelos de pureza que han regido su vida por voluntad propia no deben cumplirse en esta vida. En términos unamunianos, la equivocación de Gertrudis, si de equivocación se trata, está en confundir el querer ser con el poder ser. Como ella misma dice, «no somos

---

[19] *Obras Completas*, ed. cit., IX, pág. 418.

ángeles..., lo seremos en la otra vida» (pág. 161). Hay que insistir, sin embargo, que en contra de lo que quieren algunos críticos no hay ni asomo de condenación del personaje por parte de Unamuno. Tampoco es que haya aprobación; pero sí hay al menos dos aspectos que Unamuno recalca y que sugieren cierto grado de simpatía hacia el personaje: uno es su soledad y el otro su agitación interior.

La soledad de Gertrudis es, por supuesto, una soledad mental; y no se trata únicamente de que «las mujeres vivimos siempre solas» (pág. 73), como le dice a su hermana, sino que además el camino que ella ha escogido para sí es un camino solitario que impone su cruz. «Gertrudis se sintió siempre sola», nos dice el narrador (pág. 117), pero es una soledad que duele, pues «no pudo al fin con esta soledad» (pág. 117), sentimiento que confirma la propia afectada: «¡Quien está sola soy yo! Sola..., sola..., siempre sola» (pág. 119). El padre Álvarez no comprende en absoluto a Gertrudis e interpreta esta angustia suya como insatisfacción sexual. «No es soledad de abrasarse», le protesta Gertrudis a su confesor; «no es esa soledad a que usted, padre, alude. No, no es ésa» (pág. 119). En su vida de soltera Gertrudis rinde culto a la Virgen, pero a la Virgen de la Soledad, como leemos en dos ocasiones. Se trata de una soledad existencial, la de una persona que sabe que esa soledad no tiene remedio, pues proviene de una actitud ante la vida, de un modo de pensar, que otros no alcanzan a comprender. Esta angustia de soledad se ve agravada por su desazón ante su propia imagen. Gertrudis sufre una crisis de identidad que se va ahondando a medida que pasan los años: siente cansancio y desánimo, y llega a dudar de su obra. «Sea la que es...», le dice el padre Álvarez; «la tía Tula que todos conocemos y veneramos y admiramos...; sí, admiramos». Pero Gertrudis ya no está convencida de que puede ser «la que es», es decir, la que otros creen que es, y responde: «Por dentro soy otra» (pág. 148). ¿Cuál es la verdadera Gertrudis? ¿La que ven los demás, aun sin comprenderla, o la que ve ella? ¿O tal vez la que no quiere reconocer en sí cuando dice que el callar y cavilar le perjudican? Lo que podemos observar es que la crisis de identidad de Gertrudis corre parejas con el debilitamiento de la voluntad. A medida que va viendo que su misión está cumplida, Gertrudis va perdiendo su anterior ener-

33

gía. La recupera momentáneamente cuando Manolita se pone gravemente enferma y requiere su atención y cuidado. Con la recuperación casi milagrosa de la más joven de la casa (Gertrudis ofrece su vida por la de Manolita), la tía soltera ha completado su misión de madre de familia, y la ha completado a despecho de las dudas que le han ido minando su confianza en sí misma.

¿Cuál es, pues, la verdadera personalidad de Gertrudis? ¿Una Gertrudis cuya abnegación y dedicación a su familia le ganan la veneración de todos los que la rodean? ¿La que ella se propone ser: una nueva Virgen Madre, creadora de un hogar puro y limpio? ¿O la que ella sospecha ser: una persona cuya repugnancia patológica a la carne le hace imponerse a los demás hasta la «virtud inhumana» y reducirlos a muñecos? ¿Es una santa que ha hecho pecadores, como dice Ramiro? ¿O una pecadora que se esfuerza por hacer santos, como dice ella? Nos engañamos si pensamos que podemos llegar a una respuesta única, basándonos, como estamos obligados a basarnos, en el testimonio del texto. Y nos engañamos igualmente si creemos —como quiere hacernos creer la crítica Frances Wyers— que todo puede reducirse a que el autor ignora que la presentación del personaje es ambigua[20]. Al contrario, la ambigüedad está ahí porque Unamuno piensa que la personalidad es una cosa misteriosa, polifacética, cambiante, difícil de penetrar e imposible de juzgar. Lo que observamos son aspectos parciales del carácter del personaje; lo que no podemos observar, porque está más allá de nuestra comprensión, es al personaje en su totalidad, lo que es por encima de toda interpretación parcial y cuando se han reconciliado todas las contradicciones que caracterizan al ser humano. Lo que no

---

[20] «He seems unaware [...] of the ambivalent presentation of character», escribe Wyers (*op. cit.*, pág. 81). Esto me parece difícilmente creíble. Muchísimo más acertado me parece el comentario de Geoffrey Ribbans: «Y el secreto de Gertrudis, también candidata a santa, madre virgen, y quizá pecadora espiritual, tampoco lo poseemos nosotros, como no lo posee Unamuno ni lo poseía ella» («La obra de Unamuno en la perspectiva de hoy», *Actas del Cuarto Congreso Internacional de Hispanistas, 1971*, Salamanca, 1982, pág. 21).

podemos hacer, que es lo que Unamuno hubiera querido poder hacer, es ver al personaje *sub specie aeterni*. Y esto lo sabe Gertrudis:

> —[...] No sabemos cómo será [la luna] por el otro lado..., cuál será su otra cara...
> —Y eso añade a su misterio.
> —Puede ser..., puede ser... Me explico que alguien anhele llegar a la luna..., ¡lo imposible!..., para ver cómo es por el otro lado..., para conocer y explorar su otra cara...
> —La oscura.
> —¿La oscura? ¡Me parece que no! Ahora que ésta que vemos está iluminada, la otra estará a oscuras, pero o yo sé poco de estas cosas o cuando esta cara se oscurece del todo, en luna nueva, está en luz por el otro, es luna llena de la otra parte...
> —¿Para quién?
> —¿Cómo para quién...?
> —Sí, que cuando el otro lado alumbra, ¿para quién?
> —Para el cielo, y basta (págs. 113-114)[21].

Gertrudis quiere una casa donde no haya misterios para los niños; lo paradójico es que el verdadero misterio lo constituye ella, para sí, para su autor, y para nosotros. Comprendemos a Gertrudis como creación literaria, como personaje de novela; comprendemos lo que Unamuno ha querido hacer y cómo lo ha conseguido. Lo que no podemos comprender es cómo es Gertrudis *en realidad*; si es que esa realidad tiene existencia: «Yo no estoy ni viva ni muerta..., no he estado nunca ni viva ni muerta» (pág. 161). ¿Muñeca también?

4. EL TEMA DE LA SUPERVIVENCIA

Es de sobra conocido que Unamuno padecía un intenso anhelo de inmortalidad, y que al carecer de una fe religiosa que

---

[21] Y más tarde, casi en su lecho de muerte, dice «[...] desde allí arriba se ve mejor y más limpio lo de aquí abajo» (pág. 157).

le garantizase su supervivencia personal intentó consolarse proyectando este anhelo en su obra y dejando a ésta como testimonio de su personalidad imperecedera. Así al menos si no sobrevivía el hombre sobreviviría su obra y el recuerdo del autor en la mente de los lectores. En *Del sentimiento trágico de la vida*, por ejemplo, escribió Unamuno:

> Cuantío las dudas nos invaden y nublan la fe en la inmortalidad del alma, cobra brío y doloroso empuje el ansia de perpetuar el nombre y la fama, de alcanzar una sombra de inmortalidad siquiera. Y de aquí esa tremenda lucha por singularizarse, por sobrevivir de algún modo en la memoria de los otros y de los venideros[22].

Esta especie de superación de la mortalidad humana viene a ser un *leitmotiv* que reaparece en casi toda la obra unamuniana como reflejo más o menos directo de la preocupación del autor. En *La tía Tula* está presente de forma central.

En cierto momento el narrador de la novela nos dice que Gertrudis leía mucho a Santa Teresa. Y es precisamente de Santa Teresa —entre varios otros temas algo menos pertinentes— de quien Unamuno nos habla en su prólogo a la novela, donde dice haber descubierto una vez escrita ésta sus raíces teresianas. Para Unamuno, Santa Teresa fue una especie de Don Quijote femenino, impulsada hacia un ideal por un instinto aventurero. La gran aventura de la santa fue el fundar una nueva Orden que abandonase la laxitud de la vieja y que reflejase en su nuevo reglamento una vida limpia, sencilla, ascética y llena de contento. Si ello es así —y las palabras de Unamuno no dejan lugar a dudas—, es evidente que el paralelo que halló Unamuno con *La tía Tula* está forzosamente en que Gertrudis es igualmente fundadora de una nueva comunidad, si no religiosa al menos doméstica, y una comunidad también inspirada en un ideal de limpieza, ascetismo y contento. Y si Santa Teresa era la madre espiritual, que no carnal, de sus novi-

---

[22] *Obras Completas*, ed. cit., XVI, pág. 179.

36

cias, lo mismo viene a ser Gertrudis: madre espiritual de sus sobrinos[23].

En su valioso estudio sobre el uso de imágenes y símbolos en las novelas de Unamuno, el crítico David Turner ha demostrado que la misión de Gertrudis está concebida en términos religiosos[24]. La misión consiste en fundar un hogar basado en su «culto místico a la limpieza» (pág. 144), y esta fundación doméstica asume las funciones de una Orden religiosa, revelándose este intencionado paralelismo en la terminología religiosa que utiliza el autor. Así pues, cuando Gertrudis decide regresar a casa con su familia tras las vacaciones en el campo, se nos dice: «En la ciudad estaba su convento, su hogar, y en él su celda» (pág. 114). En esta comunidad doméstico-religiosa, Gertrudis juega el papel de madre superiora o abadesa. Como tal, su función es la de velar por sus hijos espirituales e inculcarles el amor a la verdad, a la justicia y a la fraternidad[25]. Por ello hace que Ramiro se case con Manuela, porque ésta «tiene derecho a ser madre [...], tiene derecho a su hijo y al padre de su hijo» (pág. 123). Por ello insiste en que en su casa todos son hermanos, sin diferencia ni de clase ni de derechos. La índole cuasi-religiosa de la misión de Gertrudis queda igualmente reflejada en la forma en que Unamuno nos describe la alimentación de Manolita:

> Fue un culto, un sacrificio, casi un sacramento. El biberón, ese artefacto industrial, llegó a ser para Gertrudis el símbolo y el instrumento de un rito religioso. Limpiaba los botellines, cocía los pisgos cada vez que los había empleado, preparaba y esterilizaba la leche con el ardor recatado y ansioso con que una sacerdotisa cumpliría un sacrificio ritual (pág. 143).

---

[23] Poco importa que este paralelo sólo se le ocurriese a Unamuno estando ya escrita la obra: «No hemos visto sino después, al hacer sobre él [relato novelesco] examen de conciencia de autor, sus raíces teresianas y quijotescas» (pág. 61). Esto es discutible, ya que el paralelismo se indica explícitamente en el texto de la novela (pág. 116); pero de todas formas lo que importa es que Unamuno lo vio claramente al releerla.

[24] David G. Turner, *op. cit.*, págs. 95-98.

[25] *Sororidad*, la llama Unamuno en su prólogo.

Rito religioso es también la escena en que Gertrudis, poco antes de morir, traspasa su cargo de superiora de la comunidad a Manolita: «Sacó el brazo de la cama, lo alargó como para bendecirla, y poniéndole la mano sobre la cabeza, que ella inclinó con los ojos claros empañados, le dijo [...].» Lo que le dice, tras haberla llamado «palomita sin hiel» (frase de clara asociación bíblica) y haberse asegurado de su adhesión, es que consagre su vida a cuidar de sus hermanos: «cuida de tus hermanos. Te los entrego a ti, ¿sabes?, a ti» (pág. 158), con lo cual la sucesión apostólica queda sellada[26].

La narración no acaba con la muerte de Gertrudis, como tal vez a primera vista hubiera parecido lógico acabar; pero la función de los dos capítulos que siguen a la muerte de Gertrudis queda bastante clara: esta especie de epílogo a la vida de Gertrudis sirve, evidentemente, para demostrar el influjo perenne de la tía Tula, su presencia en la familia aun después de muerta. El narrador incluso nos habla de su canonización:

> ¿Murió la tía Tula? No, sino que empezó a vivir en la familia, e irradiando de ella, con una nueva vida más entrañada y más vivífica, con la vida eterna de la familiaridad inmortal. Ahora era ya para sus hijos, sus sobrinos, la Tía, no más que la Tía, ni *madre* ya ni *mamá*, ni aun tía Tula, sino sólo la Tía. Fue este nombre de invocación, de verdadera invocación religiosa, como el canonizamiento doméstico de una santidad de hogar (pág. 163).

Como Santa Teresa, Gertrudis se convierte en la primera santa de la comunidad que fundó. Representada e invocada por su heredera, Manolita, que habla «con una voz que parecía venir del otro mundo, del mundo eterno de la familia inmortal» (pág. 170), Gertrudis sigue ejerciendo su influencia sobre la familia, sembrando la paz y la convivencia cuando amenaza la discordia, como observamos en las líneas que

---

[26] La escena en que Manolita deja bien en claro su amor por Gertrudis y ésta le pide que cuide de los suyos recuerda esa otra en que Cristo le pide a Pedro que dé de comer a sus ovejas (Evangelio de San Juan, XXI, 15).

cierran el relato, con lo cual Unamuno parece querer despedir al lector con la memoria de lo que la vida del personaje tuvo de positivo y que le ha valido la supervivencia espiritual.

Ahora bien, esta supervivencia espiritual de Gertrudis es no sólo reflejo de la adhesión que le tienen los suyos, sino también consecuencia y culminación de su obra y de su voluntad. «Que no se den cuenta de que me he muerto», le suplica a Manolita, palabras que delatan el desesperado anhelo de Unamuno de no morir. La obra toda de Gertrudis es, pues, un intento de imponerse, no ya al prójimo, sino al destino que nos condena a la aniquilación y al olvido. Por las razones que sean, Gertrudis elige no perpetuarse físicamente, pero lo hace espiritualmente con denodado esfuerzo y con éxito evidente[27]. Lo que impulsa a Gertrudis es una doble potencia: anhelo de maternidad y, al mismo tiempo, anhelo de inmortalidad, o tal vez aquello sea simple reflejo de esto. La comunidad doméstica que funda Gertrudis y a la que dedica su vida se convierte así en su forma de satisfacer su aspiración a la inmortalidad. Pero no veamos en ello una prueba más del egotismo y la egocentricidad de Gertrudis: pues si ella aspira a sobrevivir en el recuerdo de sus hijos adoptivos también hace lo posible por que siga vivo el recuerdo de los que la han precedido en la muerte:

> Y seguían en él [hogar] viviendo, con más dulce imperio que cuando respirando llenaban con sus cuerpos sus sitios, los tres que le dieron a Gertrudis masa con que fraguarlo, Ramiro y sus dos mujeres de carne y hueso. De continuo hablaba Gertrudis de ellos a sus hijos. «¡Mira que te está mirando tu madre!» o «¡Mira que te ve tu padre!» Eran sus dos más frecuentes amonestaciones. Y los retratos de los que se fueron presidían el hogar de los tres (pág. 140).

---

[27] No hay que esperar al final de la novela para ver esto: ya antes de llegar a los dos últimos capítulos, que tienen lugar tras la muerte de Gertrudis, ha indicado el narrador, mediante los recuerdos del hijo mayor, Ramirín, y a modo de anticipo de lo que ocurrirá tras la muerte de la tía, que Gertrudis fue recordada con verdadera devoción por su familia.

Para Gertrudis, pues, lo importante es hacer que los muertos sigan vivos espiritualmente, y cuando ella muere es Manolita quien asume la función de mantener viva la realidad espiritual de la tía: «ella era la historia doméstica; por ella se continuaba la eternidad espiritual de la familia. Ella heredó el alma de ésta, espiritualizada en la Tía» (pág. 164).

El profesor Ribbans, en su más reciente e indispensable estudio sobre *La tía Tula*[28], nos dice que esta novela ejemplifica una de las ideas propuestas por Unamuno en *Del sentimiento trágico de la vida*, según la cual el individuo debe luchar contra la amenaza de aniquilación total, debe protestar contra la muerte mediante el esfuerzo por hacerse insustituible. Veamos con detenimiento algunos extractos de esta obra, publicada en 1913:

> Y no sólo se pelea contra él [el Destino] anhelando lo irracional, sino obrando de modo que nos hagamos insustituibles, acuñando en los demás nuestra marca y cifra, obrando sobre nuestros prójimos para dominarlos; dándonos a ellos, para eternizarnos en lo posible [...]
>
> Y el obrar de modo que sea nuestra aniquilación una injusticia, que nuestros hermanos, hijos y los hijos de nuestros hermanos y sus hijos, reconozcan que no debimos haber muerto, es algo que está al alcance de todos [...]
>
> Todos, es decir, cada uno, puede y debe proponerse dar de sí todo cuanto puede dar, más aún de lo que puede dar, excederse, superarse a sí mismo, hacerse insustituible, darse a los demás para recogerse de ellos[29].

Y páginas después vuelve a insistir:

> Y el sentimiento de hacernos insustituibles, de no merecer la muerte, de hacer que nuestra aniquilación, si es que nos está reservada, sea una injusticia, no sólo debe llevarnos a cumplir religiosamente, por amor a Dios y a nuestra eternidad y eternización, nuestro propio oficio, sino a cumplirlo

---

[28] «A new look at *La tía Tula*», *loc. cit.*
[29] *Del sentimiento trágico de la vida*, *Obras Completas*, ed. cit., XVI, páginas 392-393.

apasionadamente, trágicamente, si se quiere. Debe llevarnos a esforzarnos por sellar a los demás con nuestro sello, por perpetuarnos en ellos y en sus hijos, dominándoles, por dejar en todo imperecedera nuestra cifra. La más fecunda moral es la moral de la imposición mutua [...]

El que no pierda su vida, no la logrará. Entrégate, pues, a los demás, pero para entregarte a ellos, dominalos primero. Pues no cabe dominar sin ser dominado.

Cada uno se alimenta de la carne de aquel a quien devora. Para dominar al prójimo hay que conocerlo y quererlo. Tratando de imponerle mis ideas es como recibo las suyas. Amar al prójimo es querer que sea como yo, que sea otro yo, es decir, es querer yo ser él; es querer borrar la divisoria entre él y yo, suprimir el mal. Mi esfuerzo por imponerme a otro, por ser vivir yo en él y de él, por hacerle mío —que es lo mismo que hacerme suyo—, es lo que da sentido religioso a la colectividad, a la solidaridad humana [...]

Y el entregarse supone, lo he de repetir, imponerse. La verdadera moral religiosa es en el fondo agresiva, invasora[30].

Si me he excedido en citar del capítulo XI de *Del sentimiento trágico de la vida* es porque pienso que estas páginas encierran una idea unamuniana de fundamental importancia para el buen entendimiento de la novela que nos ocupa, y que el conocimiento de estas páginas puede evitar un malentendido que ha surgido con cierta frecuencia en torno a la conducta de Gertrudis, a saber, que su actitud dominadora es egoísta, antivital y destructiva. La idea de Unamuno que he citado *in extenso* (y que puede incluso reforzarse con una lectura completa del capítulo pertinente) deja en claro que su propia actitud hacia la dominación del prójimo es precisamente la contraria. A pesar de los ocho años que median entre una y otra obra, es realmente notable el paralelismo entre estas páginas y la actitud y conducta de Gertrudis, hasta tal punto que ésta parece en ciertos aspectos personificación artística de las ideas abstractas anteriormente desarrolladas. No digo que Unamuno al escribir *La tía Tula* proyectase conscientemente crear un personaje como encarnación y ejemplifi-

---

[30] *Ídem*, págs. 401-404.

cación de sus ideas filosófico-religiosas; pero lo que me parece indudable es que esas ideas se van filtrando en la narración —ya sea consciente, ya inconscientemente— hasta llegar a moldear su sentido. Tal y como Unamuno propone en estos extractos que he citado, Gertrudis se entrega totalmente a los suyos para dominarlos, y lo hace «apasionadamente y trágicamente», pues no pocas dudas y angustias le cuesta el atenerse a su misión de criar una familia según sus ideales. La moral de Gertrudis es evidentemente «agresiva, invasora», pero es también lo que da sentido, «solidaridad humana», a la comunidad que ella ha creado. Su fuerza de voluntad y la perseverancia con que se consagra a su papel de tía-madre, su «propio oficio», acaban por hacerla insustituible, por eternizarla en sus hijos, o mejor dicho, en los de los demás.

Y no sólo eso, sino que además la actitud anticonvencional de Gertrudis también tiene su eco, o su prefiguración, en *Del sentimiento trágico*. Gertrudis rechaza las dos opciones abiertas tradicionalmente a la mujer española, opciones que Unamuno nos recuerda por boca del propio personaje: «nuestra carrera es el matrimonio o el convento» (pág. 69). Gertrudis da sus razones por no elegir el convento:

—¿Y cómo no fuiste monja?
—No me gusta que me manden.
—Es que en el convento en que entrases serías tú la abadesa, la superiora.
—Menos me gusta mandar (pág. 103)

razones que no resultan demasiado convincentes. La verdadera razón nos la da, no Gertrudis, sino Unamuno en la obra citada. Allí nos dice que no comprende cómo pueda quererse ganar la otra vida renunciando a ésta, a la temporal, y que la redención no se consigue mejor aislándose uno con Dios, sino que tiene que ser colectiva. Y, por añadidura, «no nos cabe sentir la otra vida, la vida eterna, lo he repetido ya varias veces, como una vida de contemplación angélica; ha de ser vida de acción»[31]. Vida de acción y no de contemplación es

---

[31] *Ídem*, págs. 410-411.

la de Gertrudis, a quien ni siquiera le gusta cavilar. Su convento no es un medio de alcanzar el ideal monástico contemplativo, es un convento familiar, es vivir a través de la colectividad y por ella. Lo lógico, lo convencional, hubiese sido que una mujer devota de la Virgen y a quien no interesa el matrimonio se hubiese ido al convento; pero es obvio que a Unamuno no le interesaba ni lo lógico ni lo convencional. Con Gertrudis en el convento no había novela, pero es que además su inclinación era buscar la inmortalidad en la imposición de sus ideas a los demás hombres y no en el aislamiento de la celda. La soledad de Gertrudis, como la de Unamuno, es la del que lucha por implantar una visión que no es la de sus coetáneos.

Y aún queda una última pregunta por contestar. Dado que Gertrudis y su creador comparten ese mismo anhelo de eternizarse, ¿por qué Gertrudis no se perpetúa mediante la procreación?, ¿por qué rechaza la otra opción? También aquí nos había dado ya Unamuno su propia, individualísima —que no lógica— respuesta. Hablándonos del amor sexual en *Del sentimiento trágico*, dice que éste tiene algo de destructivo, ya que confunde el medio y el fin, es decir, el goce y la perpetuación. Esta búsqueda del goce es, según Unamuno, una forma de avaricia, por lo que no le extraña que el más hondo sentido religioso haya exaltado la virginidad y condenado el amor carnal. «Y el amor carnal que toma por fin el goce, que no es sino medio, y no la perpetuación, que es el fin, ¿qué es sino avaricia? Y es posible que haya quien para mejor perpetuarse guarde su virginidad. Y para perpetuar algo más humano que la carne»[32]. Aquí tenemos, de forma sucinta y escueta, la explicación de la conducta de Gertrudis, y si no explicación, cuando menos justificación. A Gertrudis lo que le interesa no es perpetuar su carne, sino su espíritu, su ser total. Cuando se perpetúa la carne, dice Unamuno, se perpetúa también el dolor, la muerte, porque al crear a nuestros hijos los estamos condenando a morir. Gertrudis se contenta con dejar que la perpetuación de la especie, de la carne, corra a cargo de los demás; ella se encar-

---

[32] *Ídem*, pág. 262.

gará de perpetuar los valores espirituales. El hombre no le interesa porque se deja llevar por la sensualidad, por el goce, y ella no está dispuesta a confundir el fin con los medios. Recuérdese que al principio de la novela se nos dice que Gertrudis «despertaba el ansia de goce» (pág. 67), que es precisamente el ansia que Unamuno devalúa en *Del sentimiento trágico*. Gertrudis es consciente del efecto que causa en los hombres y lo rehúye. El entregarse a un hombre supondría perpetuarse de una manera menos humana, más animal, y Gertrudis rehúye todo instinto brutal: en el hombre no puede ver sino al bruto, confiesa. Al conservar su virginidad, Gertrudis está intentando conservar, en términos unamunianos, su humanidad, es decir, está evitando animalizarse. Para perpetuarse no necesita de los hijos propios, le bastan sus sobrinos, a quienes hace sus hijos espirituales, a través de cuya colectividad espera eternizarse. Por todo ello me parece que el buscar razones psicológicas o psicoanalíticas que puedan explicar la repugnancia de Gertrudis hacia las relaciones sexuales es alejarse y no adentrarse en el texto unamuniano. Unamuno sencillamente necesitaba una mujer que quisiera perpetuarse pero no casarse, como reflejo de su idea de que la verdadera perpetuación del individuo no es la que se consigue por vía biológica, sino la que se alcanza mediante el amor espiritual, y «este amor espiritual, nace de la muerte del amor carnal»[33]. El amor de Gertrudis es amor espiritual; a Ramiro sólo le confiesa su amor cuando éste está en su lecho de muerte y no hay posibilidad de amor carnal. Claro que aunque Unamuno afirma rotundamente que la virginidad y la eternización son compatibles, no dice en absoluto que esta misma eternización les esté vedada a los que son padres carnales. Lo que sí dice es que para alcanzarla tienen que superar su amor carnal y cultivar el amor espiritual, cuya verdadera esencia es la compasión:

> Amar en espíritu es compadecer, y quien más compadece más ama [...]. El amor de la mujer [...] es siempre en su fondo

---

[33] *Ídem*, pág. 263.

compasivo, es maternal. La mujer se rinde al amante porque le siente sufrir con el deseo. Isabel compadeció a Lorenzo, Julieta a Romeo, Francisca a Pablo. La mujer parece decir: «¡Ven pobrecito, y no sufras tanto por mi causa!» Y por eso es su amor más amoroso y más puro que el del hombre, y más valiente y más largo[34].

Aquí, y sólo aquí, se aparta Gertrudis de lo preconizado por Unamuno, el cual es, como Cristo, «¡hombre al fin!»; porque aunque «para mejor perpetuarse guarde su virginidad», Gertrudis lo ha conseguido a expensas de la compasión. Y por eso su creador le hace decir en el momento de su muerte, a modo de arrepentimiento, «no somos ángeles», que a fin de cuentas es justamente lo que había dicho él mismo ocho años antes: «Hombres y no ángeles se nos hizo»[35]. Sin embargo, a pesar de que le exige mayor compasión del hombre, Unamuno no le escatima su santidad a Gertrudis, y después de su muerte permite que los suyos la eternicen como premio a su afán de eternizarse.

5. CONCLUSIÓN: ¿UNA NUEVA FORMA DE NOVELAR?

Con la sola excepción de su primera novela, la característica más notable de la obra novelesca de Unamuno es la ausencia de descripción de los fenómenos externos: rasgos físicos de los personajes, su situación histórica y social, características del lugar donde se desarrolla la acción, el tiempo y la duración de la misma, etc. Se nos ofrece la narración de una forma escueta, aislada de las circunstancias temporales y espaciales en que habría que suponerla inserta. Los personajes se presentan prácticamente sin el mundo material circundante: poseen sólo sus emociones, pasiones, odios y afectos. Unamuno rechazó, implícita y explícitamente, la forma de novelar típicamente decimonónica en que las circunstancias externas, tanto materiales como sociales, tenían un papel primordial en la vida

---

[34] *Ídem*, págs. 264-265.
[35] *Ídem*, pág. 410.

de los personajes. Para Unamuno la única realidad que merecía la pena indagar era la realidad interior, y el concederles importancia a todos esos detalles externos tan apreciados por los escritores realistas y naturalistas no tenía para él ningún sentido ni concordaba con su concepto de la novela como exploración de realidades íntimas. Según Unamuno, la novela *creativa*, en contra de la novela *anecdótica*, tiene más en común con la poesía que con la narrativa realista:

> En una creación la realidad es una realidad íntima, creativa y de voluntad. Un poeta no saca sus criaturas —criaturas vivas— por los modos del llamado realismo. Las figuras de los realistas suelen ser maniquíes vestidos, que se mueven por cuerda y que llevan en el pecho un fonógrafo que repite las frases que su Maese Pedro recogió por calles y plazuelas y cafés y apuntó en su cartera[36].

En estas palabras del ya citado prólogo a *Tres novelas ejemplares y un prólogo,* obra que se publicó un año antes que *La tía Tula,* Unamuno rechaza la narrativa realista por superficial, por limitarse a documentar, es decir, a estudiar a las personas y las cosas desde fuera[37]. No es que Unamuno niegue la existencia de la realidad exterior; lo que cuestiona es su primacía. El hombre, sí, tiene que habérselas con esa realidad exterior; pero se hace a sí mismo:

> El hombre más real [...] es el que quiere ser o el que quiere no ser, el creador. Sólo que este hombre que podríamos llamar, al modo kantiano, numénico, este hombre volitivo e ideal —de idea-voluntad o fuerza— tiene que vivir en un mundo fenoménico, aparencial, racional, en el mundo de los llamados realistas [...]. Pero la realidad es la íntima. La realidad no la constituyen las bambalinas, ni las decoraciones, ni el traje, ni el paisaje, ni el mobiliario, ni las acotaciones, ni...[38].

---

[36] *Obras Completas,* ed. cit., IX, pág. 415.
[37] No es la única ocasión en que Unamuno denuncia el realismo. Diez años después volverá a burlarse de él en *La novela de don Sandalio, jugador de ajedrez.*
[38] *Obras Completas,* ed. cit., IX, pág. 418.

Así pues, según Unamuno, la verdadera persona es la de dentro, y al tener que transigir con el mundo de fuera surge el conflicto de que se nutre la novela; pero la observación de los datos externos nada nos dice acerca de la persona, cuya verdadera esencia exige un esfuerzo creativo para llegar a comprenderla. En términos filosóficos podría decirse que Unamuno adopta un método ontológico y no fenomenológico para el estudio del ser humano.

Esta teoría de la novela a la que antes me referí muy de pasada, no es sólo tal, sino que también podemos verla como una autodefensa nacida del temor a la incomprensión. Evidentemente, la novela de Unamuno no se presta a ser juzgada con criterios realistas, que eran los que aún predominaban incluso muy avanzado el siglo XX (e inexcusablemente aún utilizan hoy algunos críticos al estudiar la novelística unamuniana). Lo que Unamuno nos está diciendo es que sus novelas aspiran a ser algo bien diferente a lo que él supone ser el realismo. Algo parecido ocurre con Baroja, el cual, viendo que sus novelas eran tildadas de mal construidas por críticos acostumbrados a la novela de argumento cerrado típica del siglo XIX, inventó aquella notoria teoría del «saco donde cabe todo» como protesta contra los criterios que le estaban siendo aplicados a su obra.

La nueva fórmula unamuniana —novelar según ideas, no según acontecimientos; según la psicología íntima de la persona, no según los datos de su historial socioeconómico— se remonta a su segunda novela y primera «nivola» *Amor y pedagogía* (1902), se intensifica en *Niebla* (1914), y se mantiene en toda la obra posterior. En *La tía Tula*, lo que podía haber sido una novela realista de tema social (historia de una mujer que se sacrifica por cuidar a los sobrinos huérfanos), no lo es porque Unamuno le da al tema un planteamiento inusual que escamotea lo que pudiera tener de cotidiano, de familiar, y en cambio acentúa lo que tiene de misterioso, de idiosincrático. De Gertrudis sabemos sus íntimos temores, obsesiones y dudas; pero en cambio de su aspecto físico no sabemos absolutamente nada, ni siquiera el color de sus «ojazos tristes». De su hermana se nos dice que era atractiva, pero queda sin precisar en qué consistía su belleza. No sabemos dónde viven, ni cuándo, ni quiénes fueron sus padres, ni cómo se apellidan, ni en qué círculos se mueven. Es decir, todos los detalles que un novelista convencional hubiera inventado para concretar la circunstancia material y el contorno social de los personajes han sido rigurosamente excluidos por Unamuno. Lo único que queda, y esto, como hemos visto, por otras razones, es una especie de ademán independiente que Gertrudis hereda de su madre y de su abuela. Pero el medio ambiente, tan importante en la novela naturalista, no desempeña absolutamente ningún papel en la novela de Unamuno. En una o dos ocasiones parece haber un ligerísimo conato de comentario sociológico en torno a la situación de la mujer en la sociedad española, pero enseguida se disipa en favor de la indagación en el complejo anímico de Gertrudis. No hay descripciones físicas ni de los personajes, ni de la casa, ni de la ciudad; la poca descripción que hay se refiere casi siempre al estado psíquico de los personajes. El verbo «sentir» se emplea constantemente, en ocasiones dos o incluso tres veces en una página, y aparecen también otros verbos afines mucho menos corrientes, como «espiritualizar». Lo que predomina en la novela es diálogo, pero un diálogo casi siempre intenso y dramático, preñado de ideas e insinuaciones. El diálogo desempeña un papel fundamental en esta novela, pues es mayormente por él por el que los personajes van revelando sus íntimas preocupaciones: el diálogo actúa como una especie de ventana al espíritu de los personajes. Unamuno en realidad no nos *cuenta* la novela, o al menos lo hace mínimamente; lo que prefiere es dejar que el relato lo vayan haciendo los personajes a medida que éstos, por medio del diálogo y del monólogo, vayan desplegando su personalidad ante el lector. Los personajes a fin de cuentas no tienen por qué pararse a describir el mundo exterior, aunque para ellos exista, y por eso Unamuno no ve la necesidad de describírnoslo él tampoco. En cierto sentido figurativo, pues, podemos decir que la novela la hacen los personajes, y en este caso particular, Gertrudis, ya que en gran medida las cosas no *le pasan* a Gertrudis, sino que es ella quien *las hace pasar*.

Si en *La tía Tula*, pues, brillan por su ausencia los detalles ambientales y de fondo, ¿hemos de concluir por ello que

Unamuno cultiva un género novelístico apartado de la realidad, a la que tradicionalmente la novela había estado tan apegada? Él, desde luego, no lo creía así; para él, este tipo de «novela personal»[39] estaba más cerca de la verdadera realidad que la novela realista. En un artículo dedicado a la memoria de Emilia Pardo Bazán recuerda que le habló a la novelista gallega del argumento de su proyectada novela *La tía Tula*, y dice:

> Claro está que doña Emilia no cayó en la sandez de decirme —ni podía caer en ella— que esa tía Tula de mi novela está al margen de la vida, y no podía caer en eso porque sabía bien todo lo que es la vida y cómo la corriente arrebata del centro, con sus cascadas y sus crecidas y sus turbias y los remansos de las orillas, y hasta sabía que es en el agua quieta de los remansos y no en el caudal más corriente y más corrido donde florecen las ovas, y sabía que es tan vida la de un Espinosa que la de un Napoleón, y sabía, además, que nadie en rigor inventa nada, aunque acaso no llegase a saber que hay un realismo más real, mucho más real, de más cosa, de más *res*, que el que ella defendió en *La cuestión palpitante*[40].

De estas palabras se desprende, 1.º, que la historia de Gertrudis no es una cosa esotérica sin relevancia para la vida; 2.º, que aunque su novela no pertenece a lo que se llamó realismo, es aun más real que ese realismo. Como ya vimos en el extracto del primitivo prólogo esquemático citado en el primer apartado de esta introducción, Unamuno relaciona *La tía Tula* con *Amor y pedagogía*, *Niebla* y *Abel Sánchez*, la incluye bajo el epígrafe de «nivola», y habla de «abstracciones» y de «pasión»[41].

---

[39] La frase es de Julián Marías. Son aún muy recomendables las páginas que dedicó Marías a este tema en su *Miguel de Unamuno*, cap. III, págs. 38-63.

[40] Citado por Manuel García Blanco en su prólogo a las *Obras Completas* de Unamuno, ed. cit., IX, pág. 34.

[41] A este respecto, escribe el profesor Ribbans: «It is significant that Unamuno here links his latest novel with its predecessors, accepts the term "nivola" and sees the characteristics of all of them as abstract rather than imaginative, with the characters as personifications of ideas and as representing passion» («A new look at *La tía Tula*», *loc. cit.*).

«Abstracciones» y «pasión» no son precisamente dos vocablos que se den juntos normalmente, pues evocan ideas tan diferentes que resulta paradójico relacionarlos. Y sin embargo, podemos observar que el proyecto de Unamuno no deja de tener su lógica. Por una parte, tenemos los conceptos de virginidad y maternidad, que al combinarse producen una paradoja: la idea virgen-madre, que es en su más elemental sentido (antes de convertirse en artículo de fe del cristianismo) una abstracción. Y por otra, tenemos la actitud y el comportamiento de un personaje que convierten a esa abstracción en una verdadera pasión, en una razón de ser. La cuestión aquí no es decidir si la tía Tula que nos pinta Unamuno es realista, creíble, o no, cuestión por lo demás irresoluble, pues, ¿quién puede decir si no ha existido alguna vez alguna persona como ella? Lo importante es ver que la credibilidad de la tía Tula no es para Unamuno cuestión de hacer resaltar todos esos aspectos que nos son familiares porque pertenecen al mundo de las cosas. A Unamuno lo que más le interesa del ser humano es su dimensión espiritual, y este interés queda nítidamente reflejado en esta novela como en muchas otras (en *La tía Tula* las palabras espíritu, espiritual, espiritualidad, espiritualizarse, ocurren con frecuencia y no con sentido estrictamente religioso). De nada sirve, pues, aproximarse a este género de novela con criterios realistas para quejarse de que Gertrudis es excesivamente arriscada, o de que sus sobrinos no se le rebelan, como hubiese sido de esperar en la vida real; como tampoco sirve el buscar explicaciones realistas para dilucidar la extraordinaria obsesión del personaje, a saber, que se trata de envidia, o de venganza, o de las consecuencias de algún desagradable episodio de su niñez. Nada de esto es justificable si nos atenemos al testimonio del texto y a lo que el mismo Unamuno nos dice. Lo que Unamuno se propone en esta novela es explorar, personificándola, esa idea de maternidad suprema que al separarla de su natural contexto se convierte en abstracción. Pero una abstracción no irreal, puesto que ha existido poderosamente en la sociedad cristiana. Al darle a esta abstracción una apariencia humana la está haciendo más real, la está sacando del mundo de la tradición religiosa y acercándola al nuestro, al mundo de lo real. La abstracción Virgen-Madre no es un invento que podamos achacárselo a Unamuno. Él, al fin y al cabo, lo que ha hecho es buscar una expresión artísticamente comprensible de esa abstracción, mediante, como él nos dice, el escarbajeo en ciertos sótanos y escondrijos del pensamiento.

Esta edición

Nuestra edición se basa fundamentalmente en la primera, publicada por Editorial Renacimiento, Madrid, en 1921, aunque también hemos tenido en cuenta las ediciones posteriores, a saber, la de Espasa-Calpe (1940, con numerosas reimpresiones), la de Manuel García Blanco para las *Obras Completas* (Afrodisio Aguado, 1958-1964), la de Editorial Taurus (1981) y la de Editorial Planeta (1986). Hay muchísimas discrepancias textuales entre la primera edición y las posteriores (salvo la de Planeta), aunque por lo general —no siempre— se trata de discrepancias de poca monta. Si hemos preferido seguir la primera edición es porque sabemos que Unamuno corrigió las pruebas y esto debe suponer una cierta garantía en la autenticidad del texto. No obstante, hay que añadir que Unamuno no fue un buen corrector de pruebas, a juzgar por la cantidad de erratas que subsisten. Consignar en nota a pie de página cada corrección nuestra hubiese sido enfadosísimo y hubiera entorpecido la lectura de forma inaceptable, por lo que sólo en contadísimas ocasiones, cuando se trata de una corrección más sustanciosa, la hemos indicado en nota. A título orientativo, diremos que nuestras correcciones se pueden clasificar como detallamos a continuación.

La gran mayoría de las enmiendas se han llevado a cabo en el campo de la puntuación, la cual es muy deficiente, por no decir anárquica, en la primera edición. Ya los editores de Espasa-Calpe y de las *Obras Completas* introdujeron cierto orden, muy necesario, en la puntuación al reeditar la obra, pero a cambio de tomarse ciertas libertades con el vocabulario, cosa ya mucho menos admisible. También hemos cambiado la ortografía de «coger» y sus derivados que Unamuno se empeñaba en escribir con jota, y naturalmente nos hemos atenido a las nuevas normas de acentuación. Finalmente, nos hemos tomado la pequeña libertad de eliminar algunos de los casos más discordantes de leísmo o laísmo, práctica en la cual Unamuno no era muy consecuente, pues encontramos, por ejemplo, «cuídale» y «cuídala», refiriéndose a la misma persona, en un mismo párrafo. En todo lo demás seguimos el texto de la primera edición.

Bibliografía

La bibliografía crítica sobre Unamuno alcanza hoy tales dimensiones que cualquier intento de ofrecer una selección representativa que abarcase las diversas facetas del escritor resultaría arbitraria y de escasa utilidad para el lector o estudiante de la novela objeto de la presente edición. Razones puramente prácticas demandan que la presente nota bibliográfica se limite a una veintena de obras o partes de obras que se ocupan muy específicamente de *La tía Tula* o que son de especial relevancia para el estudio de esta novela.

BALSEIRO, José A., *El vigía (ensayo)*, II, Madrid, 1928, págs. 112-117.

BLANCO AGUINAGA, Carlos, *El Unamuno contemplativo*, México, 1959.

DEUTSCH, Helene, *The Psychology of Women*, II, Nueva York, 1943, págs. 28-30.

DÍEZ, Ricardo, *El desarrolla estético de la novela de Unamuno*, Madrid, 1976, págs. 181-214.

FEENY, T., «More on Pardo Bazan's possible influence on Unamuno», *Kentucky Romance Quarterly*, XXVII (1980), págs. 29-38.

GARCÍA BLANCO, Manuel, Prólogo a su edición de *La tía Tula*, en Unamuno, *Obras Completas*, IX, Madrid, 1958-1964, págs. 31-36.

GARCÍA DE NORA, Eugenio, *La novela española contemporánea*, 2.ª edición, Madrid, 1963, págs. 35-38.

GARCÍA VIÑÓ, M., «Relectura de *La tía Tula*», *Arbor*, núm. 349 (1975), págs. 127-133.

GULLÓN, Ricardo, *Autobiografías de Unamuno*, Madrid, 1964, págs. 206-217.

HANNAN, Dennis G., «*La tía Tula* como expresión novelesca del ensayo "Sobre la soberbia"», *Romance Notes*, núm. 12 (1971), págs. 296-301.

55

JIMÉNEZ LOZANO, José, Prólogo a la edición de *La tía Tula* a cargo de José Luis Gómez, Barcelona, Planeta, 1986, págs. ix-xxiii.

MARÍAS, Julián, *Miguel de Unamuno*, 2.ª edición, Buenos Aires, 1951, págs. 109-116.

MONTES HUIDOBRO, M., «*La tía Tula:* matrimonio en el cosmos», en *Estudios en honor a Ricardo Gullón*, Lincoln, Nebraska, 1984.

NAVAJAS, Gonzalo, «The self and the symbolic in Unamuno's *La tía Tula*», *Revista de Estudios Hispánicos*, Puerto Rico, 1985, págs. 117-137.

NOZICK, Martin, *Miguel de Unamuno*, Boston, 1971, págs. 154-156.

REIFF, Catherine M., «Maternidad y soledad en *La tía Tula*», *Ínsula*, núm. 463 (junio de 1985), págs. 14-15.

RIBBANS, Geoffrey, «La obra de Unamuno en la perspectiva de hoy», *Actas del Cuarto Congreso Internacional de Hispanistas celebrado en Salamanca en 1971*, Salamanca, 1982, págs. 3-21.

— «A new look at *La tía Tula*», *Revista Canadiense de Estudios Hispánicos*, número homenaje a Unamuno, XI, núm. 2 (1986-1987).

— «El autógrafo de parte de *La tía Tula* y su significado para la evolución de la novela», *Volumen-Homenaje a Miguel de Unamuno*, Salamanca, 1986, págs. 475-493.

ROF CARBALLO, Juan, «El erotismo en Unamuno», *Revista de Occidente*, 2.ª época, XIX (1964), págs. 71-96.

SÁNCHEZ BARBUDO, Antonio, Introducción a su edición de *La tía Tula*, Madrid, Taurus, 1981, págs. 7-40.

TURNER, David G., *Unamuno's Webs of Fatality*, Londres, 1974, págs. 92-106.

VALDÉS, Mario J., *Death in the Literature of Unamuno*, Urbana, Illinois, 1964, págs. 130-133.

WYERS, Frances, *Miguel de Unamuno: The Contrary Self*, Londres, 1976, págs. 78-81.

La tía Tula

Prólogo

(QUE PUEDE SALTAR EL LECTOR DE NOVELAS)[1]

«Tenía uno (hermano) casi de mi edad, que era el que yo más quería, aunque a todos tenía gran amor y ellos a mí; juntábamonos entrambos a leer vidas de santos... Espantábanos mucho el decir en lo que leíamos que pena y gloria eran para siempre. Acaecíanos estar muchos ratos tratando desto, y gustábamos de decir muchas veces para siempre, siempre, siempre. En pronunciar esto mucho rato era el Señor servido se quedase en esta niñez imprimido el camino de la verdad. De que vi que era imposible ir adonde me matasen por Dios, ordenábamos ser ermitaños, y en una huerta que había en casa procurábamos, como podíamos, hacer ermitas poniendo unas pedrecillas, que luego se nos caían, y ansí no hallábamos remedio en nada para nuestro deseo; que ahora me pone devoción ver cómo me daba Dios tan presto lo que yo perdí por mi culpa.

....

Acuérdome que cuando murió mi madre quedé yo de edad de doce años, poco menos; como yo comencé a en-

---

[1] Para Unamuno, «el lector de novelas» es aquel que sólo va buscando el interés que puedan tener las peripecias del argumento. En otro lugar escribe: «Mis lectores, los míos, no buscan el mundo coherente de las novelas llamadas realistas [...]; mis lectores, los míos, saben que un argumento no es más que un pretexto para una novela, y que queda ésta, la novela, toda entera, y más pura, más interesante, más novelesca, si se le quita el argumento» (Del epílogo a *La novela de don Sandalio, jugador de ajedrez*).

tender lo que había perdido, afligida fuime a una imagen de Nuestra Señora y supliquéla fuese mi madre con muchas lágrimas. Paréceme que aunque se hizo con simpleza, que me ha valido, pues conocidamente he hallado a esta Virgen Soberana en cuanto me he encomendado a ella, y, en fin, me ha tornado a sí.»

(Del capítulo I de la *Vida* de la Santa Madre Teresa de Jesús, que escribió ella misma por mandato de su confesor.)

«Sea (Dios) alabado por siempre, que tanta merced ha hecho a vuestra merced, pues le ha dado mujer, con quien pueda tener mucho descanso. Sea mucho de enhorabuena, que harto consuelo es para mí pensar que le tiene. A la señora doña María beso siempre las manos muchas veces; aquí tiene una capellana y muchas. Harto quisiéramos poderla gozar; mas si había de ser con los trabajos que por acá hay, más quiero que tenga allá sosiego, que verla acá padecer.»

(De una carta que desde Avila, a 15 de diciembre de 1581, dirigió la Santa Madre, y Tía, Teresa de Jesús, a su sobrino don Lorenzo de Cepeda, que estaba en Indias, en el Perú, donde se casó con doña María de Hinojosa, que es la señora doña María de que se habla en ella.)

En el capítulo II de la misma susomentada *Vida*, dice la Santa Madre Teresa de Jesús que era moza «aficionada a leer libros de caballerías» —los suyos lo son, a lo divino— y en uno de los sonetos, de nuestro *Rosario* de ellos, la hemos llamado

Quijotesa

a lo divino, que dejó asentada
nuestra España inmortal, cuya es la empresa:
sólo existe lo eterno; ¡Dios o nada![2].

Lo que acaso alguien crea que diferencia a Santa Teresa de Don Quijote, es que éste, el Caballero —y tío, tío de su inmor-

---

[2] Parte del soneto 118, «Irrequietum cor», del *Rosario de sonetos líricos, Obras Completas*, XIII, pág. 629.

tal sobrina— se puso en ridículo y fue el ludibrio y juguete de padres y madres, de zánganos y de reinas[3]; pero ¿es que Santa Teresa escapó al ridículo? ¿Es que no se burlaron de ella? ¿Es que no se estima hoy por muchos quijotesco, o sea ridículo, su instituto, y aventurera, de caballería andante, su obra y su vida?

No crea el lector, por lo que precede, que el relato que se sigue y va a leer es, en modo alguno, un comentario a la vida de la Santa española[4]. ¡No, nada de esto! Ni pensábamos en Teresa de Jesús al emprenderlo y desarrollarlo; ni en Don Quijote. Ha sido después de haberlo terminado, cuando aun para nuestro ánimo, que lo concibió, resultó una novedad este parangón, cuando hemos descubierto las raíces de este relato novelesco. Nos fue oculto su más hondo sentido al emprenderlo. No hemos visto sino después, al hacer sobre él examen de conciencia de autor, sus raíces teresianas y quijotescas. Que son una misma raíz.

¿Es acaso éste un libro de caballerías? Como el lector quiera tomarlo... Tal vez a alguno pueda parecerle una novela hagiográfica, de vida de santos. Es, de todos modos, una novela, podemos asegurarlo.

No se nos ocurrió a nosotros, sino que fue cosa de un amigo, francés por más señas, el notar que la inspiración —¡perdón!— de nuestra *nivola Niebla* era de la misma raíz que la de *La vida es sueño,* de Calderón. Mas en este otro caso ha sido cosa nuestra el descubrir, después de concluida esta novela que tienes a la vista, lector, sus raíces quijotescas y teresianas. Lo que no quiere decir ¡claro está! que lo que aquí se cuenta no haya podido pasar fuera de España[5].

---

[3] Zánganos y reinas: esto forma parte de la metáfora de la colmena que se utilizará en dos ocasiones en la narración. Los zánganos y reinas son los padres y madres naturales, los que perpetúan la especie. Las abejas son las madres espirituales que perpetúan los valores eternos de su comunidad.

[4] A Unamuno parecía preocuparle la idea de que alguien pudiese pensar que la novela había sido concebida como una especie de alegoría sobre la vida de Santa Teresa. Lo que el novelista está apuntando en este prólogo es que su personaje comparte el idealismo de la santa.

[5] Unamuno no quiere que su novela se tome como un comentario sociológico aplicable sólo al escenario español; por lo que subraya la universalidad de su tema.

Antes de terminar este Prólogo queremos hacer otra observación, que le podrá parecer a alguien quizás sutileza de lingüista y filólogo, y no lo es sino de psicología. Aunque ¿es la psicología algo más que lingüística y filología?

La observación es que así como tenemos la palabra *paternal* y *paternidad*, que derivan de *pater*, padre, y *maternal* y *maternidad*, de *mater*, madre, y no es lo mismo, ni mucho menos, lo paternal y lo maternal, ni la paternidad y la maternidad, es extraño que junto a *fraternal* y *fraternidad*, de *frater*, hermano, no tengamos *sororal* y *sororidad*, de *soror*, hermana. En latín hay *sororius, a, um*, lo de la hermana, y el verbo *sororiare*, crecer por igual y juntamente.

Se nos dirá que la *sororidad* equivaldría a la *fraternidad*, mas no lo creemos así. Como si en latín tuviese la hija un apelativo de raíz distinta que el de hijo, valdría la pena de distinguir entre las dos filialidades.

Sororidad fue la de la admirable Antígona, esta santa del paganismo helénico, la hija de Edipo, que sufrió martirio por amor a su hermano Polinices, y por confesar su fe de que las leyes eternas de la conciencia, las que rigen en el eterno mundo de los muertos, en el mundo de la inmortalidad, no son las que forjan los déspotas y tiranos de la tierra, como era Creonte[6].

Cuando en la tragedia sofocleana Creonte le acusa a su sobrina Antígona de haber faltado a la ley, al mandato regio, rindiendo servicio fúnebre a su hermano, el fratricida, hay entre aquéllos este duelo de palabras:

«A.—No es nada feo honrar a los de la misma entraña...

Cr.—¿No era de tu sangre también el que murió contra él?

---

[6] Polinices y su hermano Eteocles se mataron el uno al otro en lucha fratricida al atacar aquél a la ciudad de Tebas, donde reinaba Creón. En contra de los deseos de éste, Antígona quiso rendir homenaje a su hermano Polinices dándole sepultura sagrada, por lo que Creón la condenó a ser enterrada viva en una cueva. Cuando Creón, arrepentido, quiso desencarcelarla, halló que Antígona se había suicidado. Esta obra de Sófocles se ha interpretado como símbolo del conflicto entre las leyes de los dioses y las de los hombres.

A.—De la misma por madre y padre...

CR.—¿Y cómo rindes a éste un honor impío?

A.—No diría eso el muerto...

CR.—Pero es que le honras igual que al impío...

A.—No murió su siervo, sino su hermano...

CR.—Asolando esta tierra, y el otro defendiéndola...

A.—El otro mundo, sin embargo, gusta de igualdad ante la ley...

CR.—¿Cómo ha de ser igual para el vil que para el noble?

A.—Quién sabe si estas máximas son santas allí abajo...»

(Antígona, versos 511-521.)

¿Es que acaso lo que a Antígona le permitió descubrir esa ley eterna, apareciendo a los ojos de los ciudadanos de Tebas y de Creonte, su tío, como una anarquista, no fue el que era, por terrible decreto del Hado, hermana carnal de su propio padre, Edipo?[7]. Con el que había ejercido oficio de *sororidad* también[8].

El acto *sororio* de Antígona dando tierra al cadáver insepulto de su hermano y librándolo así del furor regio de su tío Creonte, parecióle a éste un acto de anarquía. «¡No hay mal mayor que el de la anarquía!» —declaraba el tirano *(Antígona*, verso 672). ¿Anarquía? ¿Civilización?

Antígona, la anarquista según su tío, el tirano Creonte, modelo de virilidad, pero no de humanidad; Antígona, hermana de su padre Edipo y, por lo tanto, tía de su hermano Polinices, representa acaso la domesticidad religiosa, la religión doméstica, la del hogar, frente a la civilidad política y tiránica, a la tiranía civil, y acaso también la domesticación frente a la civilización. ¿Aunque es posible civilizarse sin haberse domesticado antes? ¿Caben civilidad y civilización donde no tienen como cimientos domesticidad y domesticación?

---

[7] «[...] el que era [...] hermana», o sea, el hecho de ser hermana.

[8] Edipo concibió a Antígona en su propia madre, Jocasta, por lo cual Antígona fue a la vez hija y hermana de Edipo.

Hablamos de *patrias* y sobre ellas de *fraternidad* universal, pero no es una sutileza lingüística el sostener que no pueden prosperar sino sobre *matrias* y *sororidad.* Y habrá barbarie de guerras devastadoras, y otros estragos, mientras sean los zánganos, que revolotean en torno de la reina para fecundarla y devorar la miel que no hicieron, los que rijan las colmenas[9].

¿Guerras? El primer acto guerrero fue, según lo que llamamos Historia Sagrada, la de la Biblia, el asesinato de Abel por su hermano Caín. Fue una muerte fraternal, entre hermanos, el primer acto de fraternidad. Y dice el *Génesis* que fue Caín, el fratricida, el que primero edificó una ciudad, a la que llamó por el nombre de su hijo —habido en una hermana— Henoc *(Gén.* IV, 17.) Y en aquella ciudad, *polis,* debió empezar la vida civil política, la civilidad y la civilización. Obra, como se ve, del fratricida. Y cuando, siglos más tarde, nuestro Lucano, español, llamó a las guerras entre César y Pompeyo *plusquam civilia,* más que civiles —lo dice en el primer verso de su *Pharsalia*— quiere decir *fraternales.* Las guerras más que civiles son las fraternales.

Aristóteles le llamó al hombre *zoon politicon,* esto es, animal civil o ciudadano —no político, que esto es no traducir— animal que tiende a vivir en ciudades, en mazorcas de casas estadizas, arraigadas en tierra por cimientos, y ése es el hombre y, sobre todo, el varón. Animal civil, urbano, fraternal y... fraticida. Pero ese animal civil, ¿no ha de depurarse por acción doméstica? Y el hogar, el verdadero hogar, ¿no ha de encontrarse lo mismo en la tienda del pastor errante que se planta al azar de los caminos? Y Antígona acompañó a su padre, ciego y errante, por los senderos del desierto, hasta que desapareció en Colona[10]. ¡Pobre civilidad fraternal, cainita, si no hubiera la domesticidad sororia!

Va, pues, el fundamento de la civilidad, la domesticidad, de mano en mano de hermanas, de tías. O de esposas de es-

---

[9] Continúa la metáfora de la colmena, ahora con la idea, sólo implícita, de que el alimento, es decir, lo que asegura la continuidad de la colmena, la proveen las abejas trabajadoras.

[10] Se refiere a otra obra de Sófocles, *Edipo en Colona.* Antígona fue quién acompañó a su padre hasta Colona (cerca de Atenas) tras su destierro de Tebas.

píritu, castísimas, como aquella Abisag, la sunamita de que se nos habla en el capítulo I del libro I de los Reyes, aquella doncella que le llevaron al viejo rey David, ya cercano a su muerte, para que le mantuviese en la puesta de su vida, abrigándole y calentándole en la cama mientras dormía. Y Abisag le sacrificó su maternidad, permaneció virgen por él —pues David no la conoció— y fue causa de que más luego Salomón, el hijo del pecado de David con la adúltera Betsabé, hiciese matar a Adonías, su hermanastro, hijo de David y de Hagit, porque pretendió para mujer a Abisag, la última reina con David, pensando así heredar a éste su reino.

Pero a esta Abisag y a su suerte y a su sentido pensamos dedicar todo un libro que no será precisamente una novela. Ni una *nívola*[11].

Y ahora el lector que ha leído este prólogo —que no es necesario para inteligencia en lo que sigue— puede pasar a hacer conocimiento con la tía Tula, que si supo de Santa Teresa y de Don Quijote, acaso no supo ni de Antígona la griega ni de Abisag la israelita.

En mi novela *Abel Sánchez* intenté escarbar en ciertos sótanos y escondrijos del corazón, en ciertas catacumbas del alma, adonde no gustan descender los más de los mortales. Creen que en esas catacumbas hay muertos, a los que lo mejor es no visitar, y esos muertos, sin embargo, nos gobiernan. Es la herencia de Caín. Y aquí, en esta novela, he intentado escarbar en otros sótanos y escondrijos. Y como no ha faltado quien me haya dicho que aquello era inhumano, no faltará quien me lo diga, aunque en otro sentido, de esto. Aquello pareció a alguien inhumano por viril, por fraternal; esto lo parecerá acaso por femenil, por sororio. Sin que quepa negar que el varón hereda femenidad de su madre y la mujer virilidad de su padre. ¿O es que el zángano no tiene algo de abeja y la abeja algo de zángano? O hay, si se quiere, *abejos* y *zánganas*.

---

[11] Este libro sobre Abisag la sunamita, que Unamuno vuelve a mencionar en alguna otra ocasión, no llegó a escribirse, pero en cambio este personaje bíblico reaparece en *La agonía del cristianismo*, cap. V, titulado precisamente «Abisag, la sunamita».

Y nada más, que no debo hacer una novela sobre otra novela.

En Salamanca, ciudad, en el día de los Desposorios de Nuestra Señora del año de gracia milésimo novecentésimo y vigésimo[12].

[12] La fiesta de los Desposorios de Nuestra Señora la celebran sobre todo los Carmelitas el 23 de enero. La fiesta data de 1517 como concesión especial del papa León X a una de las Órdenes religiosas y nunca ha formado parte del calendario oficial de la Iglesia. He consultado numerosas enciclopedias y diccionarios religiosos y todos coinciden en señalar el 23 de enero como el día en que las Órdenes de devoción mariana conmemoran los desposorios de San José y María, pero no puedo asegurar que ésta sea la fecha que Unamuno tenía presente. Por otra parte, y habida cuenta la afición de Unamuno al jugueteo malicioso con palabras y conceptos, no puedo evitar la sospecha de que eligió esta fiesta, no por la fecha, sino por cierta relación irónica con el tema de la novela.

I

Era a Rosa y no a su hermana Gertrudis, que siempre salía de casa con ella, a quien ceñían aquellas ansiosas miradas que les enderezaba Ramiro. O por lo menos, así lo creían ambos, Ramiro y Rosa, al atraerse el uno al otro.

Formaban las dos hermanas, siempre juntas, aunque no por eso unidas siempre, una pareja al parecer indisoluble, y como un solo valor. Era la hermosura espléndida y algún tanto provocativa de Rosa, flor de carne que se abría a flor del cielo a toda luz y todo viento, la que llevaba de primera vez las miradas a la pareja; pero eran luego los ojos tenaces de Gertrudis los que sujetaban a los ojos que se habían fijado en ellos y los que a la par les ponían raya. Hubo quien al verlas pasar preparó algún chicoleo un poco más subido de tono; mas tuvo que contenerse al tropezar con el reproche de aquellos ojos de Gertrudis, que hablaban mudamente de seriedad. «Con esta pareja no se juega», parecía decir con sus miradas silenciosas.

Y bien miradas y de cerca aún despertaba más Gertrudis el ansia de goce. Mientras su hermana Rosa abría espléndidamente a todo viento y toda luz la flor de su encarnadura, ella era como un cofre cerrado y sellado en que se adivina un tesoro de ternuras y delicias secretas.

Pero Ramiro, que llevaba el alma toda a flor de los ojos, no creyó ver más que a Rosa, y a Rosa se dirigió desde luego.

—¿Sabes que me ha escrito? —le dijo ésta a su hermana.

—Sí, vi la carta.

—¿Cómo? ¿que la viste? ¿es que me espías?

—¿Podía dejar de haberla visto? No, yo no espío nunca, ya lo sabes, y has dicho eso no más que por decirlo...

—Tienes razón, Tula, perdónamelo.

—Sí, una vez más, porque tú eres así. Yo no espío, pero tampoco oculto nunca nada. Vi la carta.

—Ya lo sé; ya lo sé...

—He visto la carta y la esperaba.

—Y bien, ¿qué te parece de Ramiro?

—No le conozco.

—Pero no hace falta conocer a un hombre para decir lo que le parece a una de él.

—A mí, sí.

—Pero lo que se ve, lo que está a la vista...

—Ni de eso puedo juzgar sin conocerle.

—¿Es que no tienes ojos en la cara?

—Acaso no los tenga así...; ya sabes que soy corta de vista.

—¡Pretextos! Pues mira, chica, es un guapo mozo.

—Así parece.

—Y simpático.

—Con que te lo sea a ti, basta.

—¿Pero es que crees que le he dicho ya que sí?

—Sé que se lo dirás al cabo, y basta.

—No importa; hay que hacerle esperar y hasta rabiar un poco...

—¿Para qué?

—Hay que hacerse valer.

—Así no te haces valer, Rosa; y ese coqueteo es cosa muy fea.

—De modo que tú...

—A mí no se me ha dirigido.

—¿Y si se hubiera dirigido a ti?

—No sirve preguntar cosas sin sustancia.

—Pero tú, si a ti se te dirige, ¿qué le habrías contestado?

—Yo no he dicho que me parece un guapo mozo y que es simpático, y por eso me habría puesto a estudiarle...

—Y entretanto se iba a otra...

—Es lo más probable.

—Pues así, hija, ya puedes prepararte...

—Sí, a ser tía.

—¿Cómo tía?

—Tía de tus hijos, Rosa.

—¡Eh, qué cosas tienes! —y se le quebró la voz.

—Vamos, Rosita, no te pongas así, y perdóname —le dijo dándole un beso.

—Pero si vuelves...

—¡No, no volveré!

—Y bien, ¿qué le digo?

—¡Dile que sí!

—Pero pensará que soy demasiado fácil...

—¡Entonces dile que no!

—Pero es que...

—Sí, que te parece un guapo mozo y simpático. Dile, pues, que sí y no andes con más coqueterías, que eso es feo. Dile que sí. Después de todo, no es fácil que se te presente mejor partido. Ramiro está muy bien, es hijo solo.

—Yo no he hablado de eso.

—Pero yo hablo de ello, Rosa, y es igual.

—¿Y no dirán, Tula, que tengo ganas de novio?

—Y dirán bien.

—¿Otra vez, Tula?

—Y ciento. Tienes ganas de novio y es natural que las tengas. ¿Para qué si no te hizo Dios tan guapa?

—¡Guasitas no!

—Ya sabes que yo no me guaseo. Parézcanos bien o mal, nuestra carrera es el matrimonio o el convento; tú no tienes vocación de monja; Dios te hizo para el mundo y el hogar, vamos, para madre de familia... No vas a quedarte a vestir santos. Dile, pues, que sí.

—¿Y tú?

—¿Cómo yo?

—Que tú, luego...

—A mí déjame.

Al día siguiente de estas palabras estaban ya en lo que se llaman relaciones amorosas Rosa y Ramiro.

Lo que empezó a cuajar la soledad de Gertrudis.

Vivían las dos hermanas, huérfanas de padre y madre desde muy niñas, con un tío materno, sacerdote, que no las mantenía, pues ellas disfrutaban de un pequeño patrimonio que les permitía sostenerse en la holgura de la modestia, pero les daba buenos consejos a la hora de comer, en la mesa, dejándolas, por lo demás, a la guía de su buen natural.

Los buenos consejos eran consejos de libros, los mismos que le servían a don Primitivo para formar sus escasos sermones.

«Además —se decía a sí mismo con muy buen acierto don Primitivo—, ¿para qué me voy a meter en sus inclinaciones y sentimientos íntimos? Lo mejor es no hablarles mucho de eso, que se les abren demasiado los ojos. Aunque... ¿abrírseles? ¡Bah! Bien abiertos los tienen, sobre todo las mujeres. Nosotros los hombres no sabemos una palabra de esas cosas. Y los curas, menos. Todo lo que nos dicen los libros son patarratas. ¡Y luego, me mete un miedo esa Tulilla...! Delante de ella no me atrevo..., no me atrevo... ¡Tiene unas preguntas la mocita! ¡Y cuando me mira tan seria, tan seria..., con esos ojazos tristes —los de mi hermana, los de mi madre, ¡Dios las tenga en su santa gloria!—. ¡Esos ojazos de luto que se le meten a uno en el corazón...! Muy serios, sí, pero riéndose con el rabillo. Parecen decirme: "¡No diga usted más bobadas, tío!" ¡El demonio de la chiquilla! ¡Todavía me acuerdo el día en que se empeñó en ir, con su hermana, a oírme aquel sermoncete; el rato que pasé, Jesús Santo! ¡Todo se me volvía apartar mis ojos de ella por no cortarme; pero nada, ella tirando de los míos! Lo mismo, lo mismito me pasaba con su santa madre, mi hermana, y con mi santa madre, Dios las tenga en su gloria. Jamás pude predicar a mis anchas delante de ellas, y por eso les tenía dicho que no fuesen a oírme. Madre iba, pero iba a hurtadillas, sin decírmelo, y se ponía detrás de la columna, donde yo no la viera, y luego no me decía nada de mi sermón. Y lo mismo hacía mi hermana. Pero yo sé lo que ésta pensaba, aunque tan cristiana, lo sé. "¡Bobadas de hombres!" Y lo mismo piensa esta mocita, estoy de ello seguro. No, no, ¿delante de ella predicar? ¿Yo? ¿Darle consejos? Una vez se le escapó lo de *¡bobadas de hombres!* y no dirigiéndose a mí, no, pero yo la entiendo...»

El pobre señor sentía un profundísimo respeto, mezclado de admiración, por su sobrina Gertrudis. Tenía el sentimiento de que la sabiduría iba en su linaje por vía femenina, que su madre había sido la providencia inteligente de la casa en que se crió, que su hermana lo había sido en la suya, tan breve. Y en cuanto a su otra sobrina, a Rosa, le bastaba para protección y guía con su hermana. «Pero qué hermosa la ha hecho

Dios, Dios sea alabado —se decía—; esta chica o hace un gran matrimonio, con quien ella quiera, o no tienen los mozos de hoy ojos en la cara.»

Y un día fue Gertrudis la que, después que Rosa se levantó de la mesa fingiendo sentirse algo indispuesta, al quedarse a solas con su tío, le dijo:

—Tengo que decirle a usted, tío, una cosa muy grave.

—Muy grave..., muy grave... —y el pobre señor se azaró, creyendo observar que los rabillos de los ojazos tan serios de su sobrina se reían maliciosamente.

—Sí, muy grave.

—Bueno, pues desembucha, hija, que aquí estamos los dos para tomar un consejo.

—El caso es que Rosa tiene ya novio.

—¿Y no es más que eso?

—Pero novio formal, ¿eh?, tío.

—Vamos, sí, para que yo los case.

—¡Naturalmente!

—Y a ti, ¿qué te parece de él?

—Aún no ha preguntado usted quién es...

—¿Y qué más da, si yo apenas conozco a nadie? A ti, ¿qué te parece de él?, contesta.

—Pues tampoco yo le conozco.

—¿Pero no sabes quién es, tú?

—Sí, sé cómo se llama y de qué familia es y...

—¡Basta! ¿Qué te parece?

—Que es un buen partido para Rosa y que se querrán.

—¿Pero es que no se quieren ya?

—¿Pero cree usted, tío, que pueden empezar queriéndose?

—Pues así dicen, chiquilla, y hasta que eso viene como un rayo...

—Son decires, tío.

—Así será; basta que tú lo digas.

—Ramiro..., Ramiro Cuadrado...

—¿Pero es el hijo de doña Venancia, la viuda? ¡Acabáramos! No hay más que hablar.

—A Ramiro, tío, se le ha metido Rosa por los ojos y cree estar enamorado de ella...

—Y lo estará, Tulilla, lo estará...

—Eso digo yo, tío, que lo estará. Porque como es hombre de vergüenza y de palabra, acabará por cobrar cariño a aquella con la que se ha comprometido ya. No le creo hombre de volver atrás.

—¿Y ella?

—¿Quién? ¿Mi hermana? A ella le pasará lo mismo.

—Sabes más que San Agustín, hija.

—Esto no se aprende, tío.

—¡Pues que se casen, los bendigo y sanseacabó!

—¡O sanseempezó! Pero hay que casarlos y pronto. Antes de que él se vuelva...

—Pero ¿temes tú que él pueda volverse...?

—Yo siempre temo de los hombres, tío.

—¿Y de las mujeres no?

—Esos temores deben quedar para los hombres. Pero sin ánimo de ofender al sexo... fuerte, ¿no se dice así?, le digo que la constancia, que la fortaleza está más bien de parte nuestra...

—Si todas fueran como tú, chiquilla, lo creería así, pero...

—¿Pero qué?

—¡Qué tú eres excepcional, Tulilla!

—Le he oído a usted más de una vez, tío, que las excepciones confirman la regla...

—Vamos, que me aturdes... Pues bien, los casaremos, no sea que se vuelva él..., o ella...

Por los ojos de Gertrudis pasó como la sombra de una nube de borrasca, y si se hubiera podido oír el silencio habríase oído que en las bóvedas de los sótanos de su alma resonaba como un eco repetido y que va perdiéndose a lo lejos aquello de «o ella...»[13].

---

[13] Párrafo ambiguo, con dos posibles sentidos: que Gertrudis especula sobre la posibilidad de llegar a ser ella la novia de Ramiro si Rosa se arrepiente; o bien que le atormenta el sólo contemplar la posibilidad de que la boda de su hermana pudiera llegar a estropearse.

II

Pero ¿qué le pasaba a Ramiro, en relaciones ya, y en relaciones formales, con Rosa, y poco menos que entrando en la casa? ¿Qué dilaciones y qué frialdades eran aquéllas?

—Mira, Tula, yo no le entiendo; cada vez le entiendo menos. Parece que está siempre distraído y como si estuviese pensando en otra cosa —o en otra persona, ¡quién sabe!— o temiendo que alguien nos vaya a sorprender de pronto. Y cuando le tiro algún avance y le hablo, así como quien no quiere la cosa, del fin que deben tener nuestra relaciones, hace como que no oye y como si estuviera atendiendo a otra...

—Es porque le hablas como quien no quiere la cosa. Háblale como quien la quiere.

—¡Eso es, y que piense que tengo prisa por casarme!

—¿Le quieres?

—Eso nada tiene que ver...

—¿Le quieres, di?

—Pues mira...

—¡Pues mira, no! ¿Le quieres? ¿Sí o no?

Rosa bajó la frente con los ojos, arrebolóse toda y llorándole la voz tartamudeó:

—Tienes unas cosas, Tula; ¡pareces un confesor!

Gertrudis tomó la mano de su hermana, con otra le hizo levantar la frente, le clavó los ojos en los ojos y le dijo:

—Vivimos solas, hermana...

—¿Y el tío?

—Vivimos solas, te he dicho. Las mujeres vivimos siempre solas. El pobre tío es un santo, pero un santo de libro, y aunque cura, al fin y al cabo hombre.

—Pero confiesa...

—Acaso por eso sabe menos. Además, se le olvida. Y así debe ser. Vivimos solas, te he dicho. Y ahora lo que debes hacer es confesarte aquí, pero confesarte a ti misma. ¿Le quieres?, repito.

La pobre Rosa se echó a llorar.

—¿Le quieres? —sonó la voz implacable.

Y Rosa llegó a fingirse que aquella pregunta, en una voz pastosa y solemne y que parecía venir de las lontananzas de la vida común de la pureza, era su propia voz, era acaso la de su madre común.

—Sí, creo que le querré... mucho... mucho... —exclamó en voz baja y sollozando.

—¡Sí, le querrás mucho y él te querrá más aún!

—¿Y cómo lo sabes?

—Yo sé que te querrá.

—Entonces, ¿por qué está distraído? ¿Por qué rehúye el que abordemos lo del casorio?

—¡Yo le hablaré de eso, Rosa, déjalo de mi cuenta!

—¿Tú?

—¡Yo, sí! ¿Tiene algo de extraño?

—Pero...

—A mí no puede cohibirme el temor que a ti te cohibe.

—Pero dirá que rabio por casarme.

—¡No, no dirá eso! Dirá, si quiere, que es a mí a quien me conviene que tú te cases para facilitar así el que se me pretenda o para quedarme a mandar aquí sola; y las dos cosas son, como sabes, dos disparates. Dirá lo que quiera, pero yo me las arreglaré.

Rosa cayó en brazos de su hermana, que le dijo al oído:

—Y luego, tienes que quererle mucho, ¿eh?

—¿Y por qué me dices tú eso, Tula?

—Porque es tu deber.

Y al otro día, al ir Ramiro a visitar a su novia, encontróse con la otra, con la hermana. Demudósele el semblante y se le vio vacilar. La seriedad de aquellos serenos ojazos de luto le concentró la sangre toda en el corazón.

—¿Y Rosa? —preguntó sin oírse.

—Rosa ha salido y soy yo quien tengo ahora que hablarte.

—¿Tú? —dijo con labios que le temblaban.

—¡Sí, yo!

—¡Grave te pones, chica! —y se esforzó en reírse.

—Nací con esa gravedad encima, dicen. El tío asegura que la heredé de mi madre, su hermana, y de mi abuela, su madre. No lo sé, ni me importa. Lo que sí sé es que me gustan las cosas sencillas y derechas y sin engaño.

—¿Por qué lo dices, Tula?

—¿Y por qué rehúyes hablar de vuestro casamiento a mi hermana? Vamos, dímelo, ¿por qué?

El pobre mozo inclinó la frente arrebolada de vergüenza. Sentíase herido por un golpe inesperado.

—Tú le pediste relaciones con buen fin, como dicen los inocentes.

—¡Tula!

—¡Nada de Tula! Tú te pusiste con ella en relaciones para hacerla tu mujer y madre de tus hijos...

—¡Pero qué de prisa vas...! —y volvió a esforzarse en reírse.

—Es que hay que ir de prisa, porque la vida es corta.

—¡La vida es corta! ¡Y lo dice a los veintidós años!

—Más corta aún. Pues bien, ¿piensas casarte con Rosa, sí o no?

—¡Pues qué duda cabe! —y al decirlo le temblaba el cuerpo todo.

—Pues si piensas casarte con ella, ¿por qué diferirlo así?

—Somos aún jóvenes...

—¡Mejor!

—Tenemos que probarnos...

—¿Qué, qué es eso?, ¿qué es eso de probaros? ¿Crees que la conocerás mejor dentro de un año? Peor, mucho peor...

—Y si luego...

—¡No pensaste en eso al pedirle entrada aquí!

—Pero, Tula...

—¡Nada de Tula! ¿La quieres, sí o no?

—¿Puedes dudarlo, Tula?

—¡Te he dicho que nada de Tula! ¿La quieres?

—¡Claro que la quiero!

—Pues la querrás más todavía. Será una buena mujer para ti. Haréis un buen matrimonio.

—Y con tu consejo...

—Nada de consejo. ¡Yo haré una buena tía, y basta!

Ramiro pareció luchar un breve rato consigo mismo y como si buscase algo, y al cabo, con un gesto de desesperada resolución, exclamó:

—¡Pues bien, Gertrudis, quiero decirte toda la verdad!

—No tienes que decirme más verdad —le atajó severamente—; me has dicho que quieres a Rosa y que estás resuelto a casarte con ella; todo lo demás de la verdad es a ella a quien se la tienes que decir luego que os caséis.

—Pero hay cosas...

—No, no hay cosas que no se deban decir a la mujer...

—¡Pero, Tula!

—Nada de Tula, te he dicho. Si la quieres, a casarte con ella, y si no la quieres, estás de más en esta casa[14].

Estas palabras brotaron de los labios fríos y mientras se le paraba el corazón. Siguió a ellas un silencio de hielo, y durante él la sangre, antes represada y ahora suelta, le encendió la cara a la hermana. Y entonces, en el silencio agorero, podía oírsele el galope trepidante del corazón.

Al siguiente día se fijaba el de la boda.

---

[14] Es notable la forma en que Unamuno sabe sugerir aun sin llegar a decir nada explícitamente. Lo que todo el mundo infiere de esta escena es que Ramiro está a punto de declarársele a Gertrudis. Ella, sin embargo, se niega a escucharle, obligándole a respetar el compromiso contraído con Rosa.

III

Don Primitivo autorizó y bendijo la boda de Ramiro con Rosa. Y nadie estuvo en ella más alegre que lo estuvo Gertrudis. A tal punto, que su alegría sorprendió a cuantos la conocían, sin que faltara quien creyese que tenía muy poco de natural.

Fuéronse a su casa los recién casados, y Rosa reclamaba a ella de continuo la presencia de su hermana. Gertrudis le replicaba que a los novios les convenía soledad.

—Pero si es al contrario, hija, si nunca he sentido más tu falta; ahora es cuando comprendo lo que te quería.

Y poníase a abrazarla y besuquearla.

—Sí, sí —le replicaba Gertrudis sonriendo gravemente—; vuestra felicidad necesita de testigos; se os acrecienta la dicha sabiendo que otros se dan cuenta de ella.

Íbase, pues, de cuando en cuando a hacerles compañía; a comer con ellos alguna vez. Su hermana le hacía las más ostentosas demostraciones de cariño, y luego a su marido, que, por su parte, aparecía como avergonzado ante su cuñada.

—Mira —llegó a decirle una vez Gertrudis a su hermana ante aquellas señales—, no te pongas así, tan babosa. No parece sino que has inventado lo del matrimonio.

Un día vio un perrito en la casa.

—Y esto ¿qué es?

—Un perro, chica, ¿no lo ves?

—¿Y cómo ha venido?

—Lo encontré ahí, en la calle, abandonado y medio muerto, me dio lástima, le traje, le di de comer, le curé y aquí le tengo —y lo acariciaba en su regazo y le daba besos en el hocico.

—Pues mira, Rosa, me parece que debes regalar el perrito, porque el que le mates me parece una crueldad.

—¿Regalarle? Y ¿por qué? Mira, Tití —y al decirlo apechugaba contra su seno al animalito—, me dicen que te eche. ¿Adónde irás tú, pobrecito?

—Vamos, vamos, no seas chiquilla y no lo tomes así. ¿A que tu marido es de mi opinión?

—¡Claro, en cuanto se lo digas! Como tú eres la sabia...

—Déjate de esas cosas y deja al perro.

—Pero ¿qué? ¿Crees que tendrá Ramiro celos?

—Nunca creí, Rosa, que el matrimonio pudiese entontecer así.

Cuando llegó Ramiro y se enteró de la pequeña disputa por lo del perro, no se atrevió a dar la razón ni a la una ni a la otra, declarando que la cosa no tenía importancia.

—No, nada la tiene y la tiene todo, según —dijo Gertrudis—. Pero en eso hay algo de chiquillada, y aún más. Serás capaz, Rosa, de haberte traído aquella pepona que guardas desde que nos dieron dos, una a ti y a mí otra, siendo niñas, y serás capaz de haberla puesto ocupando su silla...

—Exacto; allí está, en la sala, con su mejor traje, ocupando toda una silla de respeto. ¿La quieres ver?

—Así es —asintió Ramiro.

—Bueno, ya la quitarás de allí...

—Quia, hija, la guardaré...

—Sí, para juguete de tus hijas...

—¡Qué cosas se te ocurren, Tula...! —y se arreboló.

—No, es a ti a quien se te ocurren cosas como la del perro.

—Y tú —exclamó Rosa, tratando de desasirse de aquella inquisitoria que le molestaba —¿no tienes también tu pepona? ¿La has dado, o deshecho acaso?

—No —respondióle resueltamente su hermana—, pero la tengo guardada.

—¡Y tan guardada que no se la he podido descubrir nunca...!

—Es que Gertrudis la guarda para sí sola —dijo Ramiro sin saber lo que decía.

—Dios sabe para qué la guardo. Es un talismán de mi niñez.

El que iba poco, poquísimo, por casa del nuevo matrimonio era el bueno de don Primitivo. «El onceno no estorbar» —decía.

Corrían los días, todos iguales, en una y otra casa. Gertrudis se había propuesto visitar lo menos posible a su hermana, pero ésta venía a buscarla en cuanto pasaba un par de días sin que se viesen.

—¿Pero qué, estás mala, chica? ¿O te sigue estorbando el perro? Porque si es así, mira, le echaré. ¿Por qué me dejas así, sola?

—¿Sola, Rosa? ¿Sola? ¿Y tu marido?

—Pero él se tiene que ir a sus asuntos...

—O los inventa...

—¿Qué?, ¿es que crees que me deja aposta? ¿Es que sabes algo? ¡Dilo, Tula, por lo que más quieras, por nuestra madre dímelo!

—No, es que os aburrís de vuestra felicidad y de vuestra soledad. Ya le echarás el perro o si no te darán antojos, y será peor.

—No digas esas cosas.

—Te darán antojos —replicó con más firmeza.

Y cuando al fin fue un día a decirle que había regalado el perrito, Gertrudis, sonriendo gravemente y acariciándola como a una niña, le preguntó al oído: «Por miedo a los antojos, ¿eh?» Y al oír en respuesta un susurrado «¡sí!» abrazó a su hermana con una efusión de que ésta no la creía capaz.

—Ahora va de veras, Rosa; ahora no os aburriréis de la felicidad ni de la soledad y tendrá varios asuntos tu marido. Esto era lo que os faltaba...

—Y acaso lo que te faltaba...; ¿no es así, hermanita?

—¿Y a ti quién te ha dicho eso?

—Mira, aunque soy tan tonta, como he vivido siempre contigo...

—¡Bueno, déjate de bromas!

Y desde entonces empezó Gertrudis a frecuentar más la casa de su hermana.

IV

En el parto de Rosa, que fue durísimo, nadie estuvo más serena y valerosa que Gertrudis. Creeríase que era una veterana en asistir a trances tales. Llegó a haber peligro de muerte para la madre o la cría que hubiera de salir, y el médico llegó a hablar de sacársela viva o muerta.

—¿Muerta? —exclamó Gertrudis—; ¡eso sí que no!

—¿Pero no ve usted —exclamó el médico— que aunque se muera el crío queda la madre para hacer otros, mientras que si se muere ella no es lo mismo?

Pasó rápidamente por el magín de Gertrudis replicarle que quedaban otras madres, pero se contuvo e insistió:

—Muerta, ¡no!, ¡nunca! Y hay, además, que salvar un alma.

La pobre parturienta ni se enteraba de cosa alguna. Hasta que, rendida al combate, dio a luz un niño.

Recogiólo Gertrudis con avidez, y como si nunca hubiera hecho otra cosa, lo lavó y envolvió en sus pañales.

—Es usted comadrona de nacimiento —le dijo el médico.

Tomó la criaturita y se la llevó a su padre, que en un rincón, aterrado y como contrito de una falta, aguardaba la noticia de la muerte de su mujer.

—¡Aquí tienes tu primer hijo, Ramiro; míralo qué hermoso!

Pero al levantar la vista el padre, libre del peso de su angustia, no vio sino los ojazos de su cuñada, que irradiaban una luz nueva, más negra, pero más brillante que la de antes. Y al ir a besar a aquel rollo de carne que le presentaban como su hijo, rozó su rodilla, encendida, con la de Gertrudis.

—Ahora —le dijo tranquilamente ésta— ve a dar las gracias a tu mujer, a pedirle perdón y a animarla.

—¿A pedirle perdón?

—Sí, a pedirle perdón.

—¿Y por qué?

—Yo me entiendo y ella te entenderá. Y en cuanto a éste —y al decirlo apretábalo contra su seno palpitante—, corre ya de mi cuenta, y o poco he de poder o haré de él un hombre.

La casa le daba vueltas en derredor a Ramiro. Y del fondo de su alma salíale una voz diciendo: «¿Cuál es la madre?»

Poco después ponía Gertrudis cuidadosamente el niño al lado de la madre, que parecía dormir extenuada y con la cara blanca como la nieve. Pero Rosa entreabrió los ojos y se encontró con los de su hermana. Al ver a ésta una corriente de ánimo recorrió el cuerpo todo victorioso de la nueva madre.

—¡Tula! —gimió.

—Aquí estoy, Rosa, aquí estaré. Ahora descansa. Cuando sea le das de mamar a este crío para que se calle. De todo lo demás no te preocupes.

—Creí morirme, Tula. Aun ahora me parece que sueño muerta. Y me daba tanta pena de Ramiro...

—Cállate. El médico ha dicho que no hables mucho. El pobre Ramiro estaba más muerto que tú. ¡Ahora, ánimo, y a otra!

La enferma sonrió tristemente.

—Éste se llamará Ramiro, como su padre —decretó luego Gertrudis en pequeño consejo de familia—, y la otra, porque la siguiente será niña, Gertrudis como yo.

—¿Pero ya estás pensando en otra —exclamó don Primitivo— y tu pobre hermana de por poco se queda en el trance?

—¿Y qué hacer? —replicó ella—; ¿para qué se han casado si no? ¿No es así, Ramiro? —y le clavó los ojos.

—Ahora lo que importa es que se reponga —dijo el marido sobrecogiéndose bajo aquella mirada.

—¡Bah!, de estas dolencias se repone una mujer pronto.

—Bien dice el médico, sobrina, que parece como si hubieras nacido comadrona.

81

—Toda mujer nace madre, tío.

Y lo dijo con tan íntima solemnidad casera, que Ramiro se sintió presa de un indefinible desasosiego y de un extraño remordimiento. «¿Querré yo a mi mujer como se merece?», se decía.

—Y ahora, Ramiro —le dijo su cuñada—, ya puedes decir que tienes mujer.

Y a partir de entonces no faltó Gertrudis un solo día de casa de su hermana. Ella era quien desnudaba y vestía y cuidaba al niño hasta que su madre pudiera hacerlo.

La cual se repuso muy pronto y su hermosura se redondeó más. A la vez extremó sus ternuras para con su marido y aun llegó a culparle de que se le mostraba esquivo.

—Temí por tu vida —le dijo su marido— y estaba aterrado. Aterrado y desesperado y lleno de remordimiento.

—Remordimiento, ¿por qué?

—¡Si llegas a morirte me pego un tiro!

—¡Quia!, ¿a qué? «Cosas de hombres», que diría Tula. Pero eso ya pasó y ya sé lo que es.

—¿Y no has quedado escarmentada, Rosa?

—¿Escarmentada? —y cogiendo a su marido, echándole los brazos al cuello, apechugándole fuertemente a sí, le dijo al oído con un aliento que se lo quemaba—: ¡A otra, Ramiro, a otra! ¡Ahora sí que te quiero! ¡Y aunque me mates!

Gertrudis en tanto arrollaba al niño, celosa de que no se percatase —¡inocente!— de los ardores de sus padres.

Era como una preocupación en la tía la de ir sustrayendo al niño, ya desde su más tierna edad de inconsciencia, de conocer, ni en las más leves y remotas señales, el amor de que había brotado. Colgóle al cuello desde luego una medalla de la Santísima Virgen, de la Virgen Madre, con su niño en brazos.

Con frecuencia, cuando veía que su hermana, la madre, se impacientaba en acallar al niño o al envolverlo en sus pañales, le decía:

—Dámelo, Rosa, dámelo, y vete a entretener a tu marido...

—Pero, Tula...

—Sí, tú tienes que atender a los dos y yo sólo a éste.

—Tienes, Tula, una manera de decir las cosas...

—No seas niña, ¡ea!, que eres ya toda una señora mamá. Y da gracias a Dios que podamos así repartirnos el trabajo[15].

—Tula... Tula...

—Ramiro... Ramiro... Rosa.

La madre se amoscaba, pero iba a su marido.

Y así pasaba el tiempo y llegó otra cría, una niña.

---

[15] Lo que Gertrudis quiere decir con eso de «repartirnos el trabajo» es que Rosa debe dedicarse a engendrar hijos mientras ella, Gertrudis, se dedica a criarlos. La vocación de virgen-madre de Gertrudis queda cristalizada desde un principio.

V

A poco de nacer la niña encontraron un día muerto al
bueno de don Primitivo. Gertrudis le amortajó después de
haberle lavado —quería que fuese limpio a la tumba— con
el mismo esmero con que había envuelto en pañales a sus
sobrinos recién nacidos. Y a solas en el cuarto con el cuerpo
del buen anciano, le lloró como no se creyera capaz de hacerlo. «Nunca habría creído que le quisiese tanto —se dijo—;
era un bendito; de poco llega a hacerme creer que soy un
pozo de prudencia; ¡era tan sencillo!»

—Fue nuestro padre —le dijo a su hermana— y jamás le
oímos una palabra más alta que otra.

—¡Claro! —exclamó Rosa—; como que siempre nos
dejó hacer nuestra santísima voluntad.

—Porque sabía, Rosa, que su sola presencia santificaba
nuestra voluntad. Fue nuestro padre; él nos educó. Y para
educarnos le bastó la transparencia de su vida, tan sencilla,
tan clara...

—Es verdad, sí —dijo Rosa con los ojos henchidos de lágrimas—, como sencillo no he conocido otro.

—Nos habría sido imposible, hermana, habernos criado
en un hogar más limpio que éste.

—¿Qué quieres decir con eso, Tula?

—Él nos llenó la vida casi silenciosamente, casi sin de-
cirnos palabra, con el culto de la Santísima Virgen Madre y
con el culto también de nuestra abuela, su madre. ¿Te acuerdas cuando por las noches nos hacía rezar el rosario, cómo le
cambiaba la voz al llegar a aquel padrenuestro y avemaría por
el eterno descanso del alma de nuestra madre, y luego aquellos otros por el de su madre, nuestra abuela, a la que no co-

84

nocimos? En aquel rosario nos daba madre y en aquel rosario te enseñó a serlo.

—¡Y a ti, Tula, a ti! —exclamó entre sollozos Rosa.

—¿A mí?

—¡A ti, sí, a ti! ¿Quién, si no, es la verdadera madre de mis hijos?

—Deja ahora eso. Y ahí le tienes, un santo silencioso. Me han dicho que las pobres beatas lloraban algunas veces al oírle predicar sin percibir ni una sola de sus palabras. Y lo comprendo. Su voz sola era un consejo de serenidad amorosa. ¡Y ahora, Rosa, el rosario!

Arrodilláronse las dos hermanas al pie del lecho mortuorio de su tío y rezaron el mismo rosario que con él habían rezado durante tantos años, con dos padrenuestros y avemarías por el eterno descanso de las almas de su madre y de la del que yacía allí muerto, a que añadieron otro padrenuestro y otra avemaría por el alma del recién bienaventurado. Y las lenguas de manso y dulce fuego de los dos cirios que ardían a un lado y otro del cadáver, haciendo brillar su frente, tan blanca como la cera de ellos, parecían, vibrando al compás del rezo, acompañar en sus oraciones a las dos hermanas. Una paz entrañable irradiaba de aquella muerte. Levantáronse del suelo las dos hermanas, la pareja; besaron, primero Gertrudis y Rosa después, la frente cérea del anciano y abrazáronse luego con los ojos ya enjutos.

—Y ahora —le dijo Gertrudis a su hermana al oído— a querer mucho a tu marido, a hacerle dichoso y... ¡a darnos muchos hijos!

—Y ahora —le respondió Rosa— te vendrás a vivir con nosotros, por supuesto.

—¡No, eso no! —exclamó súbitamente la otra.

—¿Cómo que no? Y lo dices de un modo...[16].

---

[16] Nótese que el narrador se abstiene de darnos la explicación de esta reacción tan viva y espontánea de Gertrudis. ¿Es que Gertrudis teme interponerse entre su hermana y su cuñado y afectar adversamente su fecundidad? ¿O es que quiere mantenerse alejada de la expresión del amor sexual de Rosa y Ramiro? Más abajo, tras recuperar su compostura, Gertrudis racionaliza su actitud.

—Sí, sí, hermana; perdóname la viveza, perdónamela, ¿me la perdonas? —e hizo mención, ante el cadáver, de volver a arrodillarse.

—Vaya, no te pongas así, Tula, que no es para tanto. Tienes unos prontos...

—Es verdad, pero me los perdonas, ¿no es verdad, Rosa?, me los perdonas.

—Eso ni se pregunta. Pero te vendrás con nosotros...

—No insistas, Rosa, no insistas...

—¿Qué? ¿No te vendrás? Dejarás a tus sobrinos, más bien tus hijos casi...

—Pero si no los he dejado un día...

—¿Te vendrás?

—Lo pensaré. Rosa, lo pensaré...

—Bueno, pues no insisto.

Pero a los pocos días insistió, y Gertrudis se defendía.

—No, no; no quiero estorbaros...

—¿Estorbarnos? ¿Qué dices, Tula?

—Los casados casa quieren.

—¿Y no puede ser la tuya también?

—No, no; aunque tú no lo creas, yo os quitaría libertad. ¿No es así, Ramiro?

—No..., no veo... —balbuceó el marido confuso, como casi siempre le ocurría, ante la inesperada interpelación de su cuñada.

—Sí, Rosa; tu marido, aunque no lo dice, comprende que un matrimonio, y más un matrimonio joven como vosotros y en plena producción, necesita estar solo. Yo, la tía, vendré a mis horas a ir enseñando a vuestros hijos todo aquello en que no podáis ocuparos.

Y allá seguía yendo, a las veces desde muy temprano, encontrándose con el niño ya levantado, pero no así sus padres. «Cuando digo que hago yo aquí falta», se decía.

VI

Venía ya el tercer hijo al matrimonio. Rosa empezaba a quejarse de su fecundidad. «Vamos a cargarnos de hijos», decía. A lo que su hermana: «¿Pues para qué os habéis casado?»

El embarazo fue molestísimo para la madre y tenía que descuidar más que antes a sus otros hijos, que así quedaban al cuidado de su tía, encantada de que se los dejasen. Y hasta consiguió llevárselos más de un día a su casa, a su solitario hogar de soltera, donde vivía con la vieja criada que fue de don Primitivo, y donde los retenía. Y los pequeñuelos se apegaban con ciego cariño a aquella mujer severa y grave.

Ramiro, malhumorado antes en los últimos meses de los embarazos de su mujer, malhumor que desasosegaba a Gertrudis, ahora lo estaba más.

—¡Qué pesado y molesto es esto! —decía.

—¿Para ti? —le preguntaba su cuñada sin levantar los ojos del sobrino o sobrina que de seguro tenía en el regazo.

—Para mí, sí. Vivo en perpetuo sobresalto, temiéndolo todo.

—¡Bah! No será al fin nada. La Naturaleza es sabia.

—Pero tantas veces va el cántaro a la fuente...

—¡Ay, hijo, todo tiene sus riesgos y todo estado sus contrariedades!

Ramiro se sobrecogía al oírse llamar hijo por su cuñada, que rehuía darle su nombre, mientras él en cambio se complacía en llamarla por el familiar Tula.

—¡Qué bien has hecho en no casarte, Tula!

—¿De veras? —y levantando los ojos se los clavó en los suyos.

—De veras, sí. Todo son trabajos y aun peligros...

—¿Y sabes tú acaso si no me he de casar todavía?

—Claro. ¡Lo que es por la edad!

—¿Pues por qué ha de quedar?

—Como no te veo con afición a ello...

—¿Afición a casarse? ¿Qué es eso?

—Bueno; es que...

—Es que no me ves buscar novio, ¿no es eso?

—No, no es eso.

—Sí, eso es.

—Si tú los aceptaras, de seguro que no te habrían faltado...

—Pero yo no puedo buscarlos. No soy hombre, y la mujer tiene que esperar ser elegida. Y yo, la verdad, me gusta elegir, pero no ser elegida.

—¿Qué es eso de que estáis hablando? —dijo Rosa acercándose y dejándose caer abatida en un sillón.

—Nada, discreteos de tu marido sobre las ventajas e inconvenientes del matrimonio.

—¡No hables de eso, Ramiro! Vosotros los hombres apenas sabéis de eso. Somos nosotras las que nos casamos, no vosotros.

—¡Pero, mujer!

—Anda, ven, sosténme, que apenas puedo ponerme en pie. Voy a echarme. Adiós, Tula. Ahí te los dejo.

Acercóse a ella su marido; le tomó del brazo con sus dos manos y se incorporó y levantó trabajosamente; luego, tendiéndole un brazo por el hombro, doblando su cabeza hasta casi darle en éste con ella y cogiéndole con la otra mano, con la diestra, de su diestra, se fue lentamente, así apoyada en él y gimoteando. Gertrudis, teniendo a cada uno de sus sobrinos en sus rodillas, se quedó mirando la marcha trabajosa de su hermana, colgada de su marido como una enredadera de su rodrigón. Llenáronsele los grandes ojazos, aquellos ojos de luto, serenamente graves, gravemente serenos, de lágrimas, y apretando a su seno a los dos pequeños, apretó sus mejillas a cada una de las de ellos. Y el pequeñito, Ramirín, al ver llorar a su tía, a tita Tula, se echó a llorar también.

—Vamos, no llores; vamos a jugar.

De este tercer parto quedé quebrantadísima Rosa.

—Tengo malos presentimientos, Tula.

—No hagas caso de agüeros.

—No es agüero; es que siento que se me va la vida; he quedado sin sangre.

—Ella volverá.

—Por de pronto ya no puedo criar este niño. Y eso de las amas, Tula, ¡eso me aterra!

Y así era, en verdad. En pocos días cambiaron tres. El padre estaba furioso y hablaba de tratarlas a latigazos. Y la madre decaía.

—¡Esto se va! —pronunció un día el médico.

Ramiro vagaba por la casa como atontado, presa de extraños remordimientos y de furias súbitas. Una tarde llegó a decir a su cuñada:

—Pero es que esta Rosa no hace nada por vivir; se le ha metido en la cabeza que tiene que morirse, y ¡es claro! así se morirá. ¿Por qué no le animas y le convences a que viva?

—Eso tú, hijo, tú, su marido. Si tú no le infundes apetito de vivir, ¿quién va a infundírselo? Porque sí, no es lo peor lo débil y exangüe que está; lo peor es que no piensa sino en morirse. Ya ves, hasta los chicos la cansan pronto. Y apenas si pregunta por las cosas del ama.

Y era que la pobre Rosa vivía como en sueños, en un constante mareo, viéndolo todo como a través de una niebla.

Una tarde llamó a solas a su hermana, y en frases entrecortadas, con un hilito de voz febril, le dijo cogiéndole la mano:

—Mira, Tula, yo me muero y me muero sin remedio. Ahí te dejo mis hijos, los pedazos de mi corazón, y ahí te dejo a Ramiro, que es como otro hijo. Créeme que es otro niño, un niño grande y antojadizo, pero bueno, más bueno que el pan. No me ha dado ni un solo disgusto. Ahí te los dejo, Tula.

—Descuida, Rosa; conozco mis deberes.

—Deberes..., deberes...

—Sí, sé mis amores. A tus hijos no les faltará madre mientras yo viva.

—Gracias, Tula, gracias. Eso quería de ti.

—Pues no lo dudes.

—¡Es decir, que mis hijos, los míos, los pedazos de mi corazón, no tendrán madrastra!

—¿Qué quieres decir con eso, Rosa?

—Que como Ramiro volverá a pensar en casarse... es lo natural..., tan joven..., y yo sé que no podrá vivir sin mujer, lo sé... pues que...

—¿Qué quieres decir?

—Que serás tú su mujer, Tula.

—Yo no te he dicho eso, Rosa, y ahora, en este momento, no puedo, ni por piedad, mentir. Yo no te he dicho que me casaré con tu marido si tú le faltas; yo te he dicho que a tus hijos no les faltará madre...

—No, tú me has dicho que no tendrán madrastra.

—¡Pues bien, sí, no tendrán madrastra!

—Y eso no puede ser sino casándote tú con mi Ramiro, y mira, no tengo celos, no. ¡Si ha de ser de otra, que sea tuyo! Que sea tuyo. Acaso...

—¿Y por qué ha de volver a casarse?

—¡Ay, Tula, tú no conoces a los hombres! Tú no conoces a mi marido...

—No, no le conozco.

—¡Pues yo sí!

—Quién sabe...

La pobre enferma se desvaneció.

Poco después llamaba a su marido. Y al salir éste del cuarto iba desencajado y pálido como un cadáver.

La Muerte afilaba su guadaña en la piedra angular del hogar de Rosa y Ramiro, y mientras la vida de la joven madre se iba en rosario de gotas, destilando, había que andar a la busca de una nueva ama de cría para el pequeñito, que iba rindiéndose también de hambre. Y Gertrudis, dejando que su hermana se adormeciese en la cuna de una agonía lenta, no hacía sino agitarse en busca de un seno próvido para su sobrinito. Procuraba irle engañando el hambre, sosteniéndole a biberón.

—¿Y esa ama?

—¡Hasta mañana no podrá venir, señorita!

—Mira, Tula —empezó Ramiro.

—¡Déjame! ¡Déjame! ¡Vete al lado de tu mujer, que se muere de un momento a otro; vete, que allí es tu puesto, y déjame con el niño!

—Pero, Tula...

—Déjame, te he dicho. Vete a verla morir; a que entre en la otra vida en tus brazos; ¡vete! ¡Déjame!

Ramiro se fue. Gertrudis tomó a su sobrinillo, que no hacía sino gemir; encerróse con él en un cuarto y sacando uno de sus pechos secos, uno de sus pechos de doncella que arrebolado todo él le retemblaba como con fiebre, le retemblaba por los latidos del corazón —era el derecho—, puso el botón de ese pecho en la flor sonrosada pálida de la boca del pequeñuelo. Y éste gemía más estrujando entre sus pálidos labios el conmovido pezón seco.

—Un milagro, Virgen Santísima —gemía Gertrudis con los ojos velados por las lágrimas—; un milagro, y nadie lo sabrá, nadie.

Y apretaba como una loca al niño a su seno[17].

Oyó pasos y luego que intentaban abrir la puerta. Metióse el pecho, lo cubrió, se enjugó los ojos y salió a abrir. Era Ramiro, que le dijo:

—¡Ya acabó!

—Dios la tenga en su gloria. Y ahora, Ramiro, a cuidar de éstos.

—¿A cuidar? Tú..., tú..., porque sin ti...

—Bueno, ahora a criarlos, te digo.

---

[17] La media docena de referencias que hay en este capítulo al recién nacido son todas a un varón: sobrinito, pequeñuelo, niño, etc.; más adelante el tercer vástago de Rosa y Ramiro se convertirá en hembra por olvido del autor.

VII[18]

Ahora, ahora que se había quedado viudo era cuando Ramiro sentía todo lo que sin él siquiera sospecharlo había querido a Rosa, su mujer. Uno de sus consuelos, el mayor, era recogerse en aquella alcoba en que tanto habían vivido amándose y repasar su vida de matrimonio.

Primero el noviazgo, aquel noviazgo, aunque no muy prolongado, de lento reposo, en que Rosa parecía como que le hurtaba el fondo del alma siempre, y como si por acaso no la tuviese o haciéndole pensar que no la conocería hasta que fuese suya del todo y por entero; aquel noviazgo de recato y de reserva, bajo la mirada de Gertrudis, que era todo alma. Repasaba en su mente Ramiro, lo recordaba bien, cómo la presencia de Gertrudis, la tía Tula de sus hijos, le contenía y desasosegaba, cómo ante ella no se atrevía a soltar ninguna de esas obligadas bromas entre novios, sino a medir sus palabras.

Vino luego la boda y la embriaguez de los primeros meses, de las lunas de miel; Rosa iba abriéndole el espíritu, pero era éste tan sencillo, tan transparente, que cayó en la cuenta Ramiro de que no le había velado ni recatado nada. Porque su mujer vivía con el corazón en la mano y exten-

---

[18] Aquí es donde comenzaba la primera redacción de la novela según el autógrafo que se conserva en la casa-museo de Unamuno en Salamanca. En una redacción posterior, Unamuno hizo retroceder el comienzo desde la viudez de Ramiro —el cual repasa retrospectivamente su vida de casado— hasta su noviazgo con Rosa, de tal forma que podemos apreciar mucho mejor el papel y la actitud de Gertrudis en todo el proceso del noviazgo, el matrimonio y la maternidad de su hermana.

dida ésta en gesto de oferta y con las entrañas espirituales al aire del mundo, entregada por entero al cuidado del momento, como viven las rosas del campo y las alondras del cielo. Y era a la vez el espíritu de Rosa como un reflejo del de su hermana, como el agua corriente al sol de que aquél era el manantial cerrado.

Llegó, por fin, una mañana en que se le desprendieron a Ramiro las escamas de la vista, y purificada ésta vio claro con el corazón. Rosa no era una hermosura cual él se la había creído y antojado, sino una figura vulgar, pero con todo el más dulce encanto de la vulgaridad recogida y mansa; era como el pan de cada día, como el pan casero y cotidiano y no un raro manjar de turbadores jugos. Su mirada que sembraba paz, su sonrisa, su aire de vida, eran encarnación de un ánimo sedante, sosegado y doméstico. Tenía su pobre mujer algo de planta en la silenciosa mansedumbre, en la callada tarea de beber y atesorar luz con los ojos y derramarla luego convertida en paz; tenía algo de planta en aquella fuerza velada y a la vez poderosa con que de continuo, momento tras momento, chupaba jugos de las entrañas de la vida común ordinaria y en la dulce naturalidad con que abría sus perfumadas corolas.

¡Qué de recuerdos! Aquellos juegos cuando la pobre se le escapaba y la perseguía él por la casa toda fingiendo un triunfo para cobrar como botín besos largos y apretados, boca a boca; aquel cogerle la cara con ambas manos y estarse en silencio mirándole el alma por los ojos y, sobre todo, cuando apoyaba el oído sobre el pecho de ella ciñéndole con los brazos el talle, y escuchándole la marcha tranquila del corazón le decía: «¡Calla, déjale que hable!»

Y las visitas de Gertrudis, que con su cara grave y sus grandes ojazos de luto a que se asomaba un espíritu embozado, parecía decirles: «Sois unos chiquillos que cuando no os veo estáis jugando a marido y mujer; no es esa la manera de prepararse a criar hijos, pues el matrimonio se instituyó para casar, dar gracia a los casados y que críen hijos para el cielo.»

¡Los hijos! Ellos fueron sus primeras grandes meditaciones. Porque pasó un mes y otro y algunos más, y al no no-

93

tar señal ni indicio de que hubiese fructificado aquel amor, «¿tendría razón —decíase entonces— Gertrudis? ¿Sería verdad que no estaban sino jugando a marido y mujer y sin querer, con la fuerza toda de la fe en el deber, el fruto de la bendición del amor justo?» Pero lo que más le molestaba entonces, recordábalo bien ahora, era lo que pensarían los demás, pues acaso hubiese quien le creyera a él, por eso de no haber podido hacer hijos, menos hombre que otros. ¿Por qué no había de hacer él, y mejor, lo que cualquier mentecato, enclenque y apocado hace? Heríale en su amor propio; habría querido que su mujer hubiese dado a luz a los nueve meses justos y cabales de haberse ellos casado. Además, eso de tener hijos o no tenerlos debía de depender —decíase entonces— de la mayor o menor fuerza de cariño que los casados se tengan, aunque los hay enamoradísimos uno de otro y que no dan fruto, y otros, ayuntados por conveniencias de fortuna y ventura, que se cargan de críos. Pero —y esto sí que lo recordaba bien ahora— para explicárselo había fraguado su teoría, y era que hay un amor aparente y consciente, de cabeza, que puede mostrarse muy grande y ser, sin embargo, infecundo, y otro sustancial y oculto, recatado aun al propio conocimiento de los mismos que lo alimentan, un amor del alma y el cuerpo enteros y justos, amor fecundo siempre. ¿No querría él lo bastante a Rosa o no le querría lo bastante Rosa a él? Y recordaba ahora cómo había tratado de descifrar el misterio mientras la envolvía en besos, a solas, en el silencio y oscuro de la noche y susurrándole una y otra vez al oído, en letanía, un rosario de: «¿me quieres, me quieres, Rosa?», mientras a ella se le escapaban síes desfallecidos. Aquello fue una locura, una necia locura, de la que se avergonzaba apenas veía entrar a Gertrudis derramando serena seriedad en torno, y de aquello le curó la sazón del amor cuando le fue anunciado el hijo. Fue un transporte loco..., ¡había vencido! Y entonces fue cuando vino, con su primer fruto, el verdadero amor.

El amor, sí. ¿Amor? ¿Amor dicen? ¿Qué saben de él todos esos escritores amatorios, que no amorosos, que de él hablan y quieren excitarlo en quien los lee? ¿Qué saben de él los galeotos de las letras? ¿Amor? No amor, sino mejor cariño. Eso de amor —decíase Ramiro ahora— sabe a libro; sólo en el teatro y en las novelas se oye el *yo te amo;* en la vida de carne y sangre y hueso el entrañable *¡te quiero!* y el más entrañable aún callárselo. ¿Amor? No, ni cariño siquiera, sino algo sin nombre y que no se dice por confundirse ello con la vida misma. Los más de los cantores amatorios saben de amor lo que de oración los mascalla-jaculatorias, traga-novenas y engulle-rosarios. No, la oración no es tanto algo que haya de cumplirse a tales o cuales horas, en sitio apartado y recogido y en postura compuesta, cuanto es un modo de hacerlo todo votivamente con toda el alma y viviendo en Dios. Oración ha de ser el comer y el beber y el pasearse y el jugar y el leer y el escribir y el conversar y hasta el dormir, y rezo todo, y nuestra vida un continuo y mudo «¡hágase tu voluntad!» y un incesante «¡venga a nos el tu reino!» no ya pronunciados, mas ni aun pensados siquiera, sino vividos. Así oyó de la oración una vez Ramiro a un santo varón religioso que pasaba por maestro de ella, y así lo aplicó él al amor luego. Pues el que profesara a su mujer y a ella le apegaba, veía bien ahora que en ella se le fue, que se le llegó a fundir con el rutinero andar de la vida diaria, que lo había respirado en las mil naderías y frioleras del vivir doméstico, que le fue como el aire que se respira y al que no se le siente sino en momentos de angustioso ahogo, cuando nos falta. Y ahora ahogábase Ramiro, y la congoja de su viudez reciente le revelaba todo el poderío del amor pasado y vivido.

Al principio de su matrimonio fue, sí, el imperio del deseo; no podía juntar carne con carne sin que la suya se le encendiese y alborotase y empezara a martillarle el corazón, pero era porque la otra no era aún de veras y por entero suya también; pero luego, cuando ponía su mano sobre la carne desnuda de ella, era como si en la propia la hubiese puesto, tan tranquilo se quedaba; más también si se la hubiesen cortado habríale dolido como si se la cortaran a él. ¿No sintió acaso en sus entrañas los dolores de los partos de su Rosa?

Cuando la vio gozar, sufriendo al darle su primer hijo, es cuando comprendió cómo es el amor más fuerte que la vida y que la muerte, y domina la discordia de éstas; cómo el amor hace morirse a la vida y vivir la muerte; cómo él vivía ahora la muerte de su Rosa y se moría en su propia vida. Luego, al ver al niño dormido y sereno, con los labios en flor entreabiertos, vio al amor hecho carne que vive. Y allí, sobre la cuna, contemplando a su fruto, traía a sí a la madre, y mientras el niño sonreía en sueños palpitando sus labios, besaba él a Rosa en la corola de sus labios frescos y en la fuente de paz de sus ojos. Y le decía mostrándole dos dedos de la mano: «¡Otra vez, dos, dos...!» Y ella: «¡No, no, ya no más, uno y no más!» Y se reía. Y él: «¡Dos, dos, me ha entrado el capricho de que tengamos dos mellizos, una parejita, niño y niña!» Y cuando ella volvió a quedarse encinta, a cada paso y tropezón, él: «¡Qué cargado viene eso! ¡Qué granazón! ¡Me voy a salir con la mía; por lo menos, dos!» «¡Uno, el último, y basta!», replicaba ella riendo. Y vino el segundo, la niña, Tulita[19], y luego que salió con vida, cuando descansaba la madre, la besó larga y apretadamente en la boca, como en premio, diciéndose: «¡bien has trabajado, pobrecilla!»; mientras Rosa, vencedora de la muerte y de la vida, sonreía con los domésticos ojos apacibles.

¡Y murió!; aunque pareciese mentira, se murió. Vino la tarde terrible del combate último. Allí estuvo Gertrudis, mientras el cuidado de la probrecita niña[20] que desfallecía de hambre se lo permitió, sirviendo medicinas inútiles, componiendo la cama, animando a la enferma, encorazonando a todos. Tendida en el lecho que había sido campo de donde brotaron tres vidas, llegó a faltarle el habla y las fuerzas, y cogida de la mano a la mano de su hombre, del padre de sus hijos, mirábale como el navegante, al ir a perderse en el mar sin orillas, mira al leja-

---

[19] Esto confirma lo que decretó Gertrudis al nacer el primer hijo de Ramiro: que éste se llamaría como el padre y que la segunda, que sería hembra, se llamaría como ella, Gertrudis. Pero como observaremos más adelante, a Unamuno se le olvidó el nombre original con que había bautizado al segundo vástago de Rosa (o se le olvidó volver atrás para corregirlo). Por cierto, que en el autógrafo anteriormente mencionado hay alusión a sólo dos niños y con los sexos transpuestos, la mayor hembra, Emilia, y el pequeño varón, Manolillo.

[20] Esta niña que desfallece de hambre tiene que ser la recién nacida, por el problema de las amas; pero hasta aquí había sido varón. Y lo peor es que aún le quedan dos cambios de sexo a la pobre criatura.

no promontorio, lengua de la tierra nativa, que se va desvaneciendo en la lontananza y junto al cielo; en los trances del ahogo miraba sus ojos, desde el borde de la eternidad, a los ojos de su Ramiro. Y parecía aquella mirada una pregunta desesperada y suprema, como si a punto de partirse para nunca más volver a tierra, preguntase por el oculto sentido de la vida. Aquellas miradas de congoja reposada, de acongojado reposo, decían: «Tú, tú que eres mi vida, tú que conmigo has traído al mundo nuevos mortales, tú que me has sacado tres vidas, tú, mi hombre, dime, ¿esto qué es?» Fue una tarde abismática. En momentos de tregua, teniendo Rosa entre sus manos, húmedas y febriles, las manos temblorosas de Ramiro, clavados en los ojos de éste sus ojos henchidos de cansancio de vida, sonreía tristemente, volviéndolos luego al niño, que dormía allí cerca, en su cunita, y decía con los ojos, y alguna vez con un hilito de voz: «¡No despertarle, no!, ¡que duerma, pobrecillo!, ¡que duerma..., que duerma hasta hartarse, que duerma!» Llególe por último el supremo trance, el del tránsito, y fue como si en el brocal de las eternas tinieblas, suspendida sobre el abismo, se aferrara a él, a su hombre, que vacilaba sintiéndose arrastrado. Quería abrirse con las uñas la garganta la pobre, mirábale despavorida, pidiéndole con los ojos aire; luego, con ellos le sondó el fondo del alma, y soltando su mano cayó en la cama donde había concebido y parido sus tres hijos. Descansaron los dos; Ramiro, aturdido, con el corazón acorchado, sumergido como en un sueño sin fondo y sin despertar, muerta el alma, mientras dormía el niño. Gertrudis fue quien, viniendo con la pequeñita al pecho, cerró luego los ojos a su hermana, la compuso un poco y fuese después a cubrir y arropar mejor al niño dormido y a trasladarle en un beso la tibieza que con otro recogió de la vida que aún tendía sus últimos jirones sobre la frente de la rendida madre.

Pero ¿murió acaso Rosa? ¿Se murió de veras? ¿Podía haberse muerto viviendo él, Ramiro? No; en sus noches, ahora solitarias, mientras se dormía solo en aquella cama de la muerte y de la vida y del amor, sentía a su lado el ritmo de su respiración, su calor tibio, aunque con una congojosa sensación de vacío. Y tendía la mano, recorriendo con ella la otra mitad de la cama, apretándola algunas veces. Y era lo peor que, cuando recogiéndose se ponía a meditar en ella, no se le ocurrieran sino cosas de libro, cosas de amor de libro y no de cariño de vida, y le escocía que aquel robusto sentimiento, vida de su vida y aire de su espíritu, no se le cuajara más que en abstractas lucubraciones. El dolor se le espiritualizaba, vale decir que se le intelectualizaba, y sólo cobraba carne, aunque fuera vaporosa, cuando entraba Gertrudis. Y de todo esto sacábale una de aquellas vocecitas frescas que piaba: «¡Papá!» Ya estaba, pues, allí, ella, la muerta inmortal. Y luego, la misma vocecita: «¡Mamá!» Y la de Gertrudis, gravemente dulce, respondía: «¡Hijo!»

No, Rosa, su Rosa, no se había muerto, no era posible que se le hubiese muerto; la mujer estaba allí, tan viva como antes, y derramando vida en torno; la mujer no podía morir[21].

[21] Creo que esta última frase delata el pensamiento de Unamuno. Ramiro está pensando en Rosa, y luego en Gertrudis como continuadora del papel de compañera y madre de sus hijos. Unamuno tiene *in mentis* una idea algo más abstracta y universal: la función indispensable de la mujer como fuerza espiritual y civilizadora en la sociedad humana, idea que recogerá en el prólogo.

VIII

Gertrudis, que se había instalado en casa de su hermana desde que ésta dio por última vez a luz y durante su enfermedad última, le dijo un día a su cuñado:

—Mira, voy a levantar mi casa.

El corazón de Ramiro se puso al galope.

—Sí —añadió ella—, tengo que venir a vivir con vosotros y a cuidar de los chicos. No se le puede, además, dejar aquí sola a esa buena pécora del ama.

—Dios te lo pague, Tula.

—Nada de Tula, ya te lo tengo dicho; para ti soy Gertrudis.

—¿Y qué más da?

—Yo lo sé.

—Mira, Gertrudis...

—Bueno, voy a ver qué hace el ama.

A la cual vigilaba sin descanso. No le dejaba dar el pecho al pequeñito[22] delante del padre de éste, y le regañaba por el poco recato y mucha desenvoltura con que se desabrochaba el seno.

—Si no hace falta que enseñes eso así; en el niño es en quien hay que ver si tienes o no leche abundante.

Ramiro sufría y Gertrudis le sentía sufrir.

—¡Pobre Rosa! —decía de continuo.

---

[22] Debería decir «a la pequeñita» de acuerdo con la última referencia. Es realmente curiosa la total confusión de Unamuno en cuanto a los nombres y el sexo de los pequeños.

—Ahora los pobres son los niños y es en ellos en quienes hay que pensar...

—No basta, no. Apenas descanso. Sobre todo por las noches la soledad me pesa; las hay que las paso en vela.

—Sal después de cenar, como salías de casado últimamente, y no vuelvas a casa hasta que sientas sueño. Hay que acostarse con sueño.

—Pero es que siento un vacío...

—¿Vacío teniendo hijos?

—Pero ella es insustituible...

—Así lo creo... Aunque vosotros los hombres...[23].

—No creí que la quería tanto...

—Así nos pasa de continuo. Así me pasó con mi tío y así me ha pasado con mi hermana, con tu Rosa. Hasta que ha muerto tampoco yo he sabido lo que la quería. Lo sé ahora en que cuido a sus hijos, a vuestros hijos. Y es que queremos a los muertos en los vivos...

—¿Y no acaso a los vivos en los muertos...?

—No sutilicemos.

Y por las mañanas, luego de haberse levantado Ramiro, iba su cuñada a la alcoba y abría de par en par las hojas del balcón, diciéndose: «para que se vaya el olor a hombre». Y evitaba luego encontrarse a solas con su cuñado, para lo cual llevaba siempre algún niño delante.

Sentada en la butaca en que solía sentarse la difunta, contemplaba los juegos de los pequeñuelos.

—Es que yo soy chico y tú no eres más que chica —oyó que le decía un día, con su voz de trapo, Ramirín a su hermanita.

—Ramirín, Ramirín —le dijo la tía—, ¿qué es eso? ¿Ya empiezas a ser bruto, a ser hombre?

Un día llegó Ramiro, llamó a su cuñada y le dijo:

—He sorprendido tu secreto, Gertrudis.

—¿Qué secreto?

---

[23] Lo que Gertrudis insinúa sin llegar a decirlo es que para los hombres las mujeres son sustituibles porque sólo ven en ellas el medio de satisfacer su instinto sexual y no ven su personalidad individual y única.

—Las relaciones que llevabas con Ricardo, mi primo.

—Pues bien, sí, es cierto; se empeñó, me hostigó, no me dejaba en paz y acabó por darme lástima.

—Y tan oculto que lo teníais...

—¿Para qué declararlo?

—Y sé más.

—¿Qué es lo que sabes?

—Que le has despedido.

—También es cierto.

—Me ha enseñado él mismo tu carta.

—¿Cómo? No le creía capaz de eso. Bien he hecho en dejarle: ¡hombre al fin!

Ramiro, en efecto, había visto una carta de su cuñada a Ricardo, que decía así:

«Mi querido Ricardo: No sabes bien qué días tan malos estoy pasando desde que murió la pobre Rosa. Estos últimos han sido terribles y no he cesado de pedir a la Virgen Santísima y a su Hijo que me diesen fuerzas para ver claro en mi porvenir. No sabes bien con cuánta pena te lo digo, pero no pueden continuar nuestras relaciones; no puedo casarme. Mi hermana me sigue rogando desde el otro mundo que no abandone a sus hijos y que les haga de madre. Y puesto que tengo estos hijos que cuidar, no debo ya casarme. Perdóname, Ricardo, perdónamelo, por Dios, y mira bien por qué lo hago. Me cuesta mucha pena porque sé que habría llegado a quererte y, sobre todo, porque sé lo que me quieres y lo que sufrirás con esto. Siento en el alma causarte esta pena, pero tú que eres bueno, comprenderás mis deberes y los motivos de mi resolución y encontrarás otra mujer que no tenga mis obligaciones sagradas y que te pueda hacer más feliz que yo habría podido hacerte. Adiós, Ricardo, que seas feliz y hagas felices a otros, y ten por seguro que nunca, nunca te olvidará

GERTRUDIS.»

—Y ahora —añadió Ramiro—, a pesar de esto Ricardo quiere verte.

—¿Es que yo me oculto acaso?

—No, pero...

—Dile que venga cuando quiera a verme a esta nuestra casa.

—Nuestra casa, Gertrudis, nuestra...

—Nuestra, sí, y de nuestros hijos...

—Si tú quisieras...

—¡No hablemos de eso! —y se levantó.

Al siguiente día se le presentó Ricardo.

—Pero, por Dios, Tula.

—No hablemos más de eso, Ricardo, que es cosa hecha.

—Pero, por Dios —y se le quebró la voz.

—¡Sé hombre, Ricardo, sé fuerte!

—Pero es que ya tienen padre...

—No basta; no tienen madre..., es decir, sí la tienen.

—Puede él volver a casarse.

—¿Volverse a casar él? En ese caso los niños se irán conmigo. Le prometí a su madre, en su lecho de muerte, que no tendrían madrastra.

—¿Y si llegases a serlo tú, Tula?

—¿Cómo yo?

—Sí, tú: casándote con él, con Ramiro.

—¡Eso nunca!

—Pues yo sólo así me lo explico.

—Eso nunca, te he dicho; no me expondría a que unos míos, es decir, de mi vientre, pudiesen mermarme el cariño que a ésos tengo. ¿Y más hijos, más? Eso nunca. Bastan éstos para bien criarlos.

—Pues a nadie le convencerás, Tula, de que no te has venido a vivir aquí por eso[24].

—Yo no trato de convencer a nadie de nada. Y en cuanto a ti, basta que yo te lo diga.

Se separaron para siempre.

---

[24] En la edición de Espasa-Calpe y en la de las *Obras Completas* se ha suprimido la partícula negativa de la primera edición. Creo, sin embargo, que lo que Ricardo quiere decir es que la gente seguirá pensando, a pesar de lo que pueda decir Gertrudis, que ella se vino a casa de Ramiro por «eso», es decir, por casarse con Ramiro, como se ha dicho unas líneas antes. Restituyo, pues, el «no» de la primera edición.

—¿Y qué? —le preguntó luego Ramiro.

—Que hemos acabado; no podía ser de otro modo.

—Y que has quedado libre...

—Libre estaba, libre estoy, libre pienso morirme.

—Gertrudis..., Gertrudis —y su voz temblaba de súplica[25].

—Le he despedido porque me debo, ya te lo dije, a tus hijos, a los hijos de Rosa...

—Y tuyos..., ¿no dices así?

—¡Y míos, sí!

—Pero si tú quisieras...

—No insistas; ya te tengo dicho que no debo casarme ni contigo ni con otro menos.

—¿Menos? —y se le abrió el pecho.

—Sí, menos.

—¿Y cómo no fuiste monja?

—No me gusta que me manden.

—Es que en el convento en que entrases serías tú la abadesa, la superiora.

—Menos me gusta mandar. ¿Ramirín?

El niño acudió al reclamo. Y cogiéndole su tía le dijo: «¡Vamos a jugar al escondite, rico!»

—Pero Tula...

—Te he dicho —y para decirle esto se le acercó, teniendo cogido de la mano al niño, y se lo dijo al oído— que no me llames Tula, y menos delante de los niños. Ellos sí, pero tú no. Y ten respeto a los pequeños.

—¿En qué les falto al respeto?

—En dejar así al descubierto delante de ellos tus instintos...

—Pero si no comprenden...

—Los niños lo comprenden todo; más que nosotros. Y no olvidan nada. Y si ahora no lo comprende, lo comprenderá mañana. Cada cosa de éstas que ve u oye un niño es una semilla en su alma, que luego echa tallo y da fruto. ¡Y basta!

---

[25] «a súplica» en la primera edición.

IX

Y empezó una vida de triste desasosiego, de interna lucha en aquel hogar. Ella defendíase con los niños, a los que siempre procuraba tener presentes, y le excitaba a él a que saliese a distraerse. Él, por su parte, extremaba sus caricias a los hijos y no hacía sino hablarles de su madre, de su pobre madre. Cogía a la niña y allí, delante de la tía, se la devoraba a besos.

—No tanto, hombre, no tanto, que así no haces sino molestar a la pobre criatura. Y eso, permíteme que te lo diga, no es natural. Bien está que hagas que me llamen tía y no mamá, pero no tanto; repórtate.

—¿Es que yo no he de tener el consuelo de mis hijos?

—Sí, hijo, sí; pero lo primero es educarlos bien.

—¿Y así?

—Hartándoles de besos y de golosinas se les hace débiles. Y mira que los niños adivinan...

—¿Y qué culpa tengo yo...?

—¿Pero es que puede haber para unos niños, hombre de Dios, un hogar mejor que éste? Tienen hogar, verdadero hogar, con padre y madre, y es un hogar limpio, castísimo, por todos cuyos rincones pueden andar a todas horas, un hogar donde nunca hay que cerrarles puerta alguna, un hogar sin misterios. ¿Quieres más?

Pero él buscaba acercarse a ella, hasta rozarla. Y alguna vez le tuvo que decir en la mesa:

—No me mires así, que los niños ven.

Por las noches solía hacerles rezar por mamá Rosa, por mamita, para que Dios la tuviese en su gloria. Y una noche, después de este rezo y hallándose presente el padre, añadió:

—Ahora, hijos míos, un padrenuestro y avemaría por papá también.

—Pero papá no se ha muerto, mamá Tula.

—No importa, porque se puede morir...

—Eso, también tú.

—Es verdad; otro padrenuestro y avemaría por mí entonces.

Y cuando los niños se hubieron acostado, volviéndose a su cuñado le dijo secamente:

—Esto no puede ser así. Si sigues sin reportarte tendré que marcharme de esta casa aunque Rosa no me lo perdone desde el cielo.

—Pero es que...

—Lo dicho; no quiero que ensucies así, ni con miradas, esta casa tan pura y donde mejor pueden criarse las almas de tus hijos. Acuérdate de Rosa.

—¿Pero de qué crees que somos los hombres?

—De carne y muy brutos.

—¿Y tú, no te has mirado nunca?

—¿Qué es eso? —y se le demudó el rostro sereno.

—Que aunque no fueses, como en realidad lo eres, su madre, ¿tienes derecho, Gertrudis, a perseguirme con tu presencia? ¿Es justo que me reproches y estés llenando la casa con tu persona, con el fuego de tus ojos, con el son de tu voz, con el imán de tu cuerpo lleno de alma, pero de un alma llena de cuerpo?

Gertrudis, toda encendida, bajaba la cabeza y se callaba, mientras le tocaba a rebato el corazón.

—¿Quién tiene la culpa de esto?, dime.

—Tienes razón, Ramiro, y si me fuese, los niños piarían por mí, porque me quieren...

—Más que a mí —dijo tristemente el padre.

—Es que yo no les besuqueo como tú ni les sobo, y cuando les beso, ellos sienten que mis besos son más puros, que son para ellos solos...

—Y bien, ¿quién tiene la culpa de esto?, repito.

—Bueno, pues. Espera un año, esperemos un año; déjame un año de plazo para que vea claro en mí, para que veas claro en ti mismo, para que te convenzas...

—Un año..., un año...

—¿Te parece mucho?

—¿Y luego, cuando se acabe?

—Entonces..., veremos...

—Veremos..., veremos...

—Yo no prometo más.

—Y si en este año...

—¿Qué? Si en este año haces alguna tontería...

—¿A qué llamas hacer una tontería?

—A enamorarte de otra y volverte a casar.

—Eso..., ¡nunca!

—Qué pronto lo dijiste...

—Eso..., ¡nunca!

—¡Bah! juramentos de hombres...

—Y si así fuese, ¿quién tendrá la culpa?

—¿Culpa?

—¡Sí, la culpa!

—Eso sólo querría decir...

—¿Qué?

—Que no le quisiste, que no le quieres a tu Rosa como ella te quiso a ti, como ella te habría querido de haber sido ella la viuda...

—No, eso querría decir otra cosa, que no es...

—Bueno, basta. ¡Ramirín!, ¡ven acá, Ramirín! Anda, corre.

Y así se aplacó aquella lucha.

Y ella continuaba su labor de educar a sus sobrinos.

No quiso que a la niña se le ocupase demasiado en aprender costura y cosas así. «¿Labores de su sexo? —decía—, no, nada de labores de su sexo; el oficio de una mujer es hacer hombres y mujeres, y no vestirlos.»

Un día que Ramirín soltó una expresión soez que había aprendido en la calle y su padre iba a reprenderle, interrumpióle Gertrudis, diciéndole bajo: «No, dejarlo; hay que hacer como si no se ha oído; debe de haber un mundo de que ni para condenarlo hay que hablar aquí.»

Una vez que oyó decir de una que se quedaba soltera que quedaba para vestir santos, agregó: «¡o para vestir almas de niños!»

—Tulita es mi novia —dijo una vez Ramirín.

106

—No digas tonterías; Tulita es tu hermana.

—¿Y no puede ser novia y hermana?

—No.

—¿Y qué es ser hermana?

—¿Ser hermana? Ser hermana es...

—Vivir en la misma casa —acabó la niña.

Un día llegó la niña llorando y mostrando un dedo en que le había picado una abeja. Lo primero que se le ocurrió a la tía fue ver si con su boca, chupándoselo, podía extraerle el veneno como había leído que se hace con el de ciertas culebras. Luego declararon los niños, y se les unió el padre, que no dejarían viva a ninguna de las abejas que venían al jardín, que las perseguirían a muerte.

—No, eso sí que no —exclamó Gertrudis—; a las abejas no las toca nadie.

—¿Por qué? ¿Por la miel? —preguntó Ramiro.

—No las toca nadie, he dicho.

—Pero si no son madres, Gertrudis.

—Lo sé, lo sé bien. He leído en uno de esos libros tuyos lo que son las abejas, lo he leído. Sé lo que son las abejas estas, las que pican y hacen la miel; sé lo que es la reina y sé también lo que son los zánganos.

—Los zánganos somos nosotros, los hombres.

—¡Claro está!

—Pues mira, voy a meterme en política; me van a presentar candidato a diputado provincial.

—¿De veras? —preguntó Gertrudis, sin poder disimular su alegría.

—¿Tanto te place?

—Todo lo que te distraiga.

—Faltan once meses, Gertrudis...

—¿Para qué?, ¿para la elección?

—¡Para la elección, sí![26]

---

[26] La elección a que se refiere Gertrudis, que no se quiere dar por enterada, no es, está claro, la misma elección a la que se refiere Ramiro.

X

Y era lo cierto que en el alma cerrada de Gertrudis se estaba desencadenando una brava galerna. Su cabeza reñía con su corazón, y ambos, corazón y cabeza, reñían en ella con algo más ahincado, más entrañado, más íntimo, con algo que era como el tuétano de los huesos de su espíritu.

A solas, cuando Ramiro estaba ausente del hogar, cogía al hijo de éste y de Rosa, a Ramirín, al que llamaba su hijo, y se lo apretaba al seno virgen, palpitante de congoja y henchido de zozobra. Y otras veces se quedaba contemplando el retrato de la que fue, de la que era todavía su hermana y como interrogándole si había querido, de veras, que ella, que Gertrudis, le sucediese en Ramiro. «Sí, me dijo que yo habría de llegar a ser la mujer de su hombre, su otra mujer —se decía—, pero no pudo querer eso, no, no pudo quererlo..., yo en su caso, al menos, no lo habría querido, no podría haberlo querido..., ¿de otra? ¡no, de otra no! Ni después de mi muerte..., ni de mi hermana..., ¡de otra no! No se puede ser más que de una... No, no pudo querer eso; no pudo querer que entre él, entre su hombre, entre el padre de sus hijos y yo se interpusiese su sombra..., no pudo querer eso. Porque cuando él estuviese a mi lado, arrimado a mí, carne a carne, ¿quién me dice que no estuviese pensando en ella? Yo no sería sino el recuerdo..., ¡algo peor que el recuerdo de la otra! No, lo que me pidió es que impida que sus hijos tengan madrastra. ¡Y lo impediré! Y casándome con Ramiro, entregándole mi cuerpo, y no sólo mi alma, no lo impediría... Porque entonces sí que sería madrastra. Y más si llegaba a darme hijos de mi carne y de mi sangre...» Y esto de los hijos de la carne hacía palpitar de sagrado terror el tuétano de los huesos del alma de Gertrudis, que era toda maternidad, pero maternidad de espíritu.

Y encerrábase en su cuarto, en su recatada alcoba, a llorar al pie de una imagen de la Santísima Virgen Madre, a llorar mientras susurraba: «el fruto de tu vientre...».

Una vez que tenía apretado a su seno a Ramirín, éste le dijo:

—¿Por qué lloras, mamita? —pues habíale enseñado a llamarla así.

—Si no lloro...

—Sí, lloras...

—¿Pero es que me ves llorar...?

—No, pero te siento que lloras... Estás llorando...

—Es que me acuerdo de tu madre...

—¿Pues no dices que lo eres tú...?

—Sí, pero de la otra, de mamá Rosa.

—Ah, sí, la que se murió..., la de papá...

—¡Sí, la de papá!

—¿Y por qué papá nos dice que no te llamemos mamá, sino tía, tiíta Tula, y tú nos dices que te llamemos mamá y no tía, no tiíta Tula...?

—¿Pero es que papá os dice eso?[27].

—Sí, nos ha dicho que todavía no eres nuestra mamá, que todavía no eres más que nuestra tía...

—¿Todavía?

—Sí, nos ha dicho que todavía no eres nuestra mamá, pero que lo serás... Si, que vas a ser nuestra mamá cuando pasen unos meses...

«Entonces sería vuestra madrastra» —pensó Gertrudis, pero no se atrevió a desnudar este pensamiento pecaminoso ante el niño.

—Bueno, mira, no hagas caso de esas cosas, hijo mío...

Y cuando luego llegó Ramiro, el padre, le llamó aparte y severamente le dijo:

---

[27] Al parecer, se le olvida a Unamuno que Gertrudis ya sabe —pues se lo ha comentado a Ramiro unas páginas antes— que su padre les tiene dicho a los niños que la llamen tía y no mamá.

—No andes diciéndole al niño esas cosas. No le digas que yo no soy todavía más que su tía, la tía Tula, y que seré su mamá. Eso es corromperle, eso es abrirle los ojos sobre cosas que no debe ver. Y si lo haces por influir con él sobre mí, si lo haces por moverme...

—Me dijiste que te tomabas un plazo...

—Bueno, si lo haces por eso piensa en el papel que haces hacer a tu hijo, un papel de...

—¡Bueno, calla!

—Las palabras no me asustan, pero lo callaré. Y tú piensa en Rosa, recuerda a Rosa, ¡tu primer.., amor!

—¡Tula!

—Basta. Y no busques madrastra para tus hijos, que tienen madre.

XI

«Esto necesita campo» —se dijo Gertrudis, e indicó a Ramiro la conveniencia de que todos ellos se fuesen a veranear a un pueblecito costero que tuviese montaña, dominando al mar y por éste dominada. Buscó un lugar que no fuese muy de moda, pero donde Ramiro pudiese encontrar compañeros de tresillo, pues tampoco le quería obligado a la continua compañía de los suyos. Era un género de soledad a que Gertrudis temía.

Allí todos los días salían de paseo, por la montaña, dando vista al mar, entre madroñales, ellos dos, Gertrudis y Ramiro, y los tres niños: Ramirín, Rosita y Elvira[28]. Jamás, ni aun allí donde no los conocían —es decir, allí menos— se hubiese arriesgado Gertrudis a salir de paseo con su cuñado, solos los dos. Al llegar a un punto en que un tronco tendido en tierra, junto al sendero, ofrecía, a modo de banco rústico, asiento, sentábanse en él ellos dos, cara al mar, mientras los niños jugaban allí cerca, lo más cerca posible. Una vez en que Ramiro quiso que se sentaran en el suelo, sobre la yerba montañesa, Gertrudis le contestó: «¡No, en el suelo, no! Yo no me siento en el

---

[28] Por fin llegamos al estado definitivo de los nombres y del sexo de los hijos de Rosa y Ramiro. La segunda, Tulita, se convierte en Rosita, y el tercero, varón al nacer, cambia de sexo para convertirse en Elvira. Sabemos que el mismo Unamuno corrigió las pruebas de la primera edición, por lo cual toda esta confusión no hay más remedio que achacársela a un lapsus por su parte.

suelo, sobre la tierra, y menos junto a ti y ante los niños...» «Pero si el suelo está limpio..., si hay yerba...» «¡Te he dicho que no me siento así! No, la postura no es cómoda... ¡Peor que incómoda!»

Desde aquel tronco, mirando al mar, hablaban de mil nonadas, pues en cuanto el hombre deslizaba la conversación a senderos de lo por pacto tácito ya vedado de hablar entre ellos, la tía tenía en la boca un «¡Ramirín!» o «¡Rosita!» o «¡Elvira!». Le hablaba ella del mar y eran sus palabras, que le llegaban a él envueltas en el rumor no lejano de las olas, como la letra vaga de un canto de cuna para el alma. Gertrudis estaba brizando la pasión de Ramiro para adormecérsela. No le miraba casi nunca entonces, miraba al mar; pero en él, en el mar, veía reflejada por misterioso modo la mirada del hombre. El mar purísimo les unía las miradas y las almas.

Otras veces íbanse al bosque, a un castañar, y allí tenía ella que vigilarle, vigilarse y vigilar a los niños con más cuidado. Y también allí encontró el tronco derribado que le sirviese de asiento.

Quería atemperarle a una vida de familia purísima y campesina, hacer que se acostase cansado de luz y de aire libres, que se durmiese, oyendo fuera al grillo, para dormir sin ensueños, que le despertase el canto del gallo y el trajineo de los campesinos y los marineros.

Por las mañanas bajaban a una playa, donde se reunía la pequeña colonia veraniega. Los niños, descalzos, entreteníanse, después del baño, en desviar con los pies el curso de un pequeño arroyuelo vagabundo e indeciso que por la arena desaguaba en el mar. Ramiro se unió alguna vez a este juego de los niños.

Pero Gertrudis empezó a temer. Se había equivocado en sus precauciones. Ramiro huía del tresillo con sus compañeros de colonia veraniega y parecía espiar más que nunca la ocasión de hallarse a solas con su cuñada. La casita que habitaban tenía más de tienda de gitanos trashumantes que de otra cosa. El campo, en vez de adormecer, no la pasión, el deseo de Ramiro, parecía como si se lo excitase más, y ella misma, Gertrudis, empezó a sentirse desasosegada. La vida se les ofrecía más al desnudo en aquellos campos, en el bosque, en los repliegues de la montaña. Y luego había los animales domésticos, los que cría el hombre, con los que era mayor allí la convivencia. Gertrudis sufría al ver la atención con que los pequeños, sus sobrinos, seguían los juegos del averío. No, el campo no rendía una lección de pureza. Lo puro allí era hundir la mirada en el mar. Y aun el mar... La brisa marina les llegaba como un aguijón.

—¡Mira qué hermosura! —exclamó Gertrudis una tarde, al ocaso, en que estaban sentados frente al mar.

Era la luna llena, roja sobre su palidez, que surgía de las olas como una flor gigantesca y solitaria en un yermo palpitante.

—¿Por qué le habrán cantado tanto a la luna los poetas? —dijo Ramiro—; ¿por qué será la luz romántica y de los enamorados?

—No lo sé, pero se me ocurre que es la única tierra, porque es una tierra..., que vemos sabiendo que nunca llegaremos a ella..., es lo inaccesible... El sol no, el sol nos rechaza; gustamos de bañarnos en su luz, pero sabemos que es inhabitable, que en él nos quemaríamos, mientras que en la luna creemos que se podría vivir y en paz y crepúsculo eternos, sin tormentas, pues no la vemos cambiar, pero sentimos que no se puede llegar a ella... Es lo intangible...

—Y siempre nos da la misma cara..., esa cara tan triste y tan seria..., es decir, siempre ¡no!, porque la va velando poco a poco y la oscurece del todo y otras veces parece una hoz...

—Sí, —y al decirlo parecía como que Gertrudis seguía sus propios pensamientos sin oír los de su compañero, aunque no era así—; siempre enseña la misma cara porque es constante, es fiel. No sabemos cómo será por el otro lado..., cuál será su otra cara...

—Y eso añade a su misterio.

—Puede ser..., puede ser... Me explico que alguien anhele llegar a la luna..., ¡lo imposible!..., para ver cómo es por el otro lado..., para conocer y explorar su otra cara...

—La oscura...

—¿La oscura? ¡Me parece que no! Ahora que ésta que vemos está iluminada la otra estará a oscuras, pero o yo sé poco de estas cosas o cuando esta cara se oscurece del todo, en luna nueva, está en luz por el otro, es luna llena de la otra parte...

—¿Para quién?

—¿Cómo para quién...?

—Sí, que cuando el otro lado alumbra, ¿para quién?

—Para el cielo, y basta. ¿O es que a la luna la hizo Dios no más que para alumbrarnos de noche a nosotros, los de la tierra? ¿O para que hablemos estas tonterías?

—Pues bien, mira, Tula...

—¡Rosita!

Y no le dejó comentar la intangibilidad y la plenitud de la luna.

Cuando ella habló de volver ya a la ciudad apresuróse él a aceptarlo. Aquella temporada en el campo, entre la montaña y el mar, había sido estéril para sus propósitos. «Me he equivocado —se decía también él—; aquí está mas segura que allí, que en casa; aquí parece embozarse en la montaña, en el bosque, y como si el mar le sirviese de escudo; aquí es tan intangible como la luna, y entretanto este aire de salina filtrado por entre rayos de sol enciende la sangre..., y ella me parece aquí fuera de su ámbito y como si temiese algo; vive alerta y diríase que no duerme...» Y ella a su vez se decía: «No, la pureza no es del campo, la pureza es de celda, de claustro y de ciudad; la pureza se desarrolla entre gentes que se unen en mazorcas de viviendas para mejor aislarse; la ciudad es monasterio, convento de solitarios; aquí la tierra, sobre que casi se acuestan, las une, y los animales son otras tantas serpientes del paraíso... ¡A la ciudad, a la ciudad!»

En la ciudad estaba su convento, su hogar, y en él su celda. Y allí adormecería mejor a su cuñado. Oh, si pudiese decir de él —pensaba— lo que Santa Teresa en una carta —Gertrudis leía mucho a Santa Teresa— decía de su

114

cuñado don Juan de Ovalle, marido de doña Juana Ahumada: «El es de condición en cosas muy aniñado...»[29]. ¿Cómo le aniñaría?

---

[29] Carta de Teresa de Jesús a su hermano, don Lorenzo de Cepeda, fechada en Toledo a 24 de julio de 1576. Puede verse en *Santa Teresa: Epistolario*, colección escogida por el padre fray Francisco de San José, Barcelona, 1905, pág. 89; o bien en *Escritos de Santa Teresa*, II, Biblioteca de Autores Españoles, tomo 55, Madrid, 1923, pág. 70. En la edición de la novela publicada por Editorial Planeta (Barcelona, 1986) se indica, en nota, pág. 75, que este Lorenzo de Cepeda es sobrino de Santa Teresa, pero esto es un error, ya que no se trata del mismo Lorenzo de Cepeda que menciona Unamuno en el prólogo, sino de su padre, es decir, del hermano de la santa, cuatro años más joven que ella. La cita que incluye Unamuno aquí está realmente traída por los pelos y no puede ser más inapropiada, ya que en el texto original de Santa Teresa, al llamar «aniñado» a su cuñado, ella no se refiere a su inocencia, sino a la inmadurez de su carácter y la impetuosidad de sus reacciones, que no es precisamente lo que Genrudis quisiera ver en su cuñado.

XII

Al fin Gertrudis no pudo con su soledad y decidió llevar su congoja al padre Álvarez, su confesor, pero no su director espiritual. Porque esta mujer había rehuido siempre ser dirigida, y menos por un hombre. Sus normas de conducta moral, sus convicciones y creencias religiosas se las había formado ella con lo que oía a su alrededor y con lo que leía, pero las interpretaba a su modo. Su pobre tío, don Primitivo, el sacerdote ingenuo que las había criado a las dos hermanas y les enseñó el catecismo de la doctrina cristiana explicado según *el Mazo*[30], sintió siempre un profundo respeto por la inteligencia de su sobrina Tula, a la que admiraba. «Si te hicieses monja —solía decirle— llegarías a ser otra Santa Teresa...[31]. ¡Qué cosas se te ocurren, hija...!» Y otras veces: «Me parece que eso que dices, Tulilla, huele un poco a herejía; ¡hum! No lo sé..., no lo sé..., porque no es posible que te inspire herejías el ángel de tu guarda, pero eso me suena así como a..., ¡qué sé yo...!» Y ella contestaba riendo: «Sí, tío, son tonterías que se me ocurren, y ya que dice usted que huele a herejía no lo volveré a pensar.» Pero ¿quién pone barreras al pensamiento?

---

[30] Se trata de una refundición decimonónica del famoso catecismo del jesuita Gaspar de Astete (1537-1601) que se publicó por primera vez en 1599. Véase Gaspar de Astete, *Catecismo de la doctrina cristiana*, explicado por Santiago José García Mazo, Valladolid, 1837, y numerosas ediciones posteriores.

[31] Nótese el paralelismo explícito entre la santa y Gertrudis, paralelismo que Unamuno recogerá en su prólogo.

Gertrudis se sintió siempre sola. Es decir, sola para que la ayudaran, porque para ayudar ella a los otros no, no estaba sola. Era como una huérfana cargada de hijos. Ella sería el báculo de todos los que la rodearan; pero si sus piernas flaquearan, si su cabeza no le mantuviese firme en su sendero, si su corazón empezaba a bambolear y enflaquecer, ¿quién la sostendría a ella?, ¿quién sería su báculo? Porque ella, tan henchida del sentimiento, de la pasión mejor, de la maternidad, no sentía la filialidad. «¿No es esto orgullo?», se preguntaba.

No pudo al fin con esta soledad y decidió llevar a su confesor, al padre Álvarez, su congoja. Y le contó la declaración y proposición de Ramiro, y hasta lo que les había dicho a los niños de que no le llamasen a ella todavía madre, y las razones que tenía para mantener la pureza de aquel hogar y cómo no quería entregarse a hombre alguno, sino reservarse para mejor consagrarse a los hijos de Rosa.

—Pero lo de su cuñado lo encuentro muy natural —arguyó el buen padre de almas.

—Es que no se trata ahora de mi cuñado, padre, sino de mí; y no creo que haya acudido a usted también en busca de alianza...

—¡No, no, hija, no!

—Como dicen que en los confesionarios se confeccionan bodas y que ustedes, los padres, se dedican a casamenteros...

—Yo lo único que digo ahora, hija, es que es muy natural que su cuñado, viudo y joven y fuerte, quiera volver a casarse, y más natural, y hasta santo, que busque otra madre para sus hijos...

—¿Otra? ¡Ya la tiene!

—Sí; pero..., y si ésta se va...

—¿Irme? ¿Yo? Estoy tan obligada a esos niños como estaría su madre de carne y sangre si viviese...

—Y luego eso da que hablar...

—De lo que hablen, padre, ya le he dicho que nada se me da...

—¿Y si lo hiciese precisamente por eso, porque hablen? Examínese y mire si no entra en ello un deseo de afrontar las preocupaciones ajenas, de desafiar la opinión pública...

—Y si así fuese, ¿qué?

—Que eso sí que es pecaminoso. Y después de todo, la cuestión es otra...

—¿Cuál es la cuestión?

—La cuestión es si usted le quiere o no. Ésta es la cuestión. ¿Le quiere usted, sí o no?

—¡Para marido..., no!

—¿Pero le rechaza?

—¡Rechazarle..., no!

—Si cuando se dirigió a su hermana, la difunta, se hubiera dirigido a usted...

—¡Padre! ¡Padre! —y su voz gemía.

—Sí, por ahí hay que verlo...

—¡Padre; que eso no es pecado...!

—Pero ahora se trata de dirección espiritual, de tomar consejo... Y si, es pecado, es acaso pecado... Tal vez hay aquí unos viejos celos...

—¡Padre!

—Hay que ahondar en ello. Acaso no le ha perdonado aún...

—Le he dicho, padre, que le quiero; pero no para marido. Le quiero como a un hermano, como a un más que hermano, como al padre de mis hijos, porque éstos, sus hijos, lo son míos de lo más dentro mío, de todo mi corazón; pero para marido no. Yo no puedo ocupar en su cama el sitio que ocupó mi hermana... Y sobre todo, yo no quiero, no debo darles madrastra a mis hijos...

—¿Madrastra?

—Sí, madrastra. Si yo me caso con él, con el padre de los hijos de mi corazón, les daré madrastra a éstos, y más si llego a tener hijos de carne y de sangre con él. Esto, ahora ya..., ¡nunca!

—Ahora ya...

—Sí, ahora que ya tengo a los dos de mi corazón..., mis hijos...

—Pero piense en él, en su cuñado, en su situación...

—¿Que piense...?

118

—¡Sí! ¿Y no tiene compasión de él?

—Sí que la tengo. Y por eso le ayudo y le sostengo. Es como otro hijo mío.

—Le ayuda..., le sostiene...

—Sí, le ayudo y le sostengo a ser padre...

—A ser padre..., a ser padre... Pero él es un hombre...

—¡Y yo una mujer!

—Es débil...

—¿Soy yo fuerte?

—Más de lo debido.

—¿Más de lo debido? ¿Y lo de la mujer fuerte?

—Es que esa fortaleza, hija mía, puede alguna vez ser dureza, ser crueldad. Y es dura con él, muy dura. ¿Que no le quiere como a marido? ¡Y qué importa! Ni hace falta eso para casarse con un hombre. Muchas veces tiene que casarse una mujer con un hombre por compasión, por no dejarle solo, por salvarle, por salvar su alma...

—Pero si no le dejo solo...

—Sí, sí, le deja solo. Y creo que me comprende sin que se lo explique más claro...

—Sí, sí que se lo comprendo, pero no quiero comprenderlo. No está solo. ¡Quien está sola soy yo! Sola..., sola..., siempre sola...

—Pero ya sabe aquello de «más vale casarse que abrasarse...».

—Pero si no me abraso...

—¿No se queja de su soledad?

—No es soledad de abrasarse; no es esa soledad a que usted, padre, alude. No, no es ésa. No me abraso...

—¿Y si se abrasa él...?

—Que se refresque en el cuidado y amor de sus hijos...

—Bueno, pero ya me entiende...

—Demasiado.

—Y por si no, le diré más claro aún que su cuñado corre peligro, y que si cae en él, le cabrá culpa...

—¿A mí?

—¡Claro está!

—No lo veo tan claro. Como no soy hombre...

—Me dijo que uno de sus temores de casarse con su cuñado era el de tener hijos con él, ¿no es así?

119

—Sí, así es. Si tuviéramos hijos llegaría yo a ser, quieras o no, madrastra de los que me dejó mi hermana...

—Pero el matrimonio no se instituyó sólo para hacer hijos...

—Para casar y dar gracia a los casados y que críen hijos para el cielo.

—Dar gracia a los casados... ¿Lo entiende?

—Apenas...

—Que vivan en gracia, libres de pecado...

—Ahora lo entiendo menos...

—Bueno, pues que es un remedio contra la sensualidad.

—¿Cómo? ¿Qué es eso? ¿Qué?

—¿Pero por qué se pone así? ¿Por qué se altera?

—¿Qué es el remedio contra la sensualidad? ¿El matrimonio o la mujer?

—Los dos... La mujer... y... y el hombre.

—¡Pues, no, padre, no, no y no! ¡Yo no puedo ser remedio contra nada! ¿Qué es eso de considerarme remedio? ¡Y remedio... contra eso! No, me estimo en más...

—Pero si es que...

—No, ya no sirve. Yo, si él no tuviera ya hijos de mi hermana, acaso me habría casado con él para tenerlos..., para tenerlos de él..., pero, ¿remedio? ¿Y a eso? ¿Yo remedio? ¡No!

—¿Y si antes de haber solicitado a su hermana la hubiera solicitado...?

—¿A mí? ¿Antes? ¿Cuando nos conoció? No hablemos ya más, padre, que no podemos entendernos, pues veo que hablamos lenguas diferentes. Ni yo sé la de usted ni usted sabe la mía.

Y dicho esto, se levantó de junto al confesonario. Le costaba andar: tan doloridas le habían quedado del arrodillamiento las rodillas. Y a la vez le dolían las articulaciones del alma y sentía su soledad más hondamente que nunca. «¡No, no me entiende —se decía—, no me entiende! ¡Hombre al fin! ¿Pero me entiendo yo misma? ¿Es que me entiendo? ¿Le quiero o no le quiero? ¿No es soberbia esto? ¿No es la triste pasión solitaria del armiño que por no mancharse no se echa a nado en un lodazal a salvar a su compañero...? No lo sé..., no lo sé...»

120

XIII

Y de pronto observó Gertrudis que su cuñado era otro hombre, que celaba algún secreto, que andaba caviloso y desconfiado, que salía mucho de casa. Pero aquellas más largas ausencias del hogar no le engañaron. El secreto estaba en él, en el hogar. Y a fuerza de paciente astucia logró sorprender miradas de conocimiento íntimo entre Ramiro y la criada de servicio.

Era Manuela una hospiciana de diecinueve años, enfermiza y pálida, de un brillo febril en los ojos, de maneras sumisas y mansas, de muy pocas palabras, triste casi siempre. A ella, a Gertrudis, ante quien sin saber por qué temblaba, llamábale «señora». Ramiro quiso hacer que le llamase «señorita».

—No, llámame así, señora; nada de señorita...

En general parecía como que la criada le temiera, como avergonzada o amedrentada en su presencia. Y a los niños los evitaba y apenas si les dirigía la palabra. Ellos, por su parte, sentían una indiferencia, rayana en despego, hacia la Manuela. Y hasta alguna vez se burlaban de ella, por ciertas sus maneras de hablar, lo que la ponía de grana. «Lo extraño es —pensaba Gertrudis— que a pesar de todo no quiera irse...; tiene algo de gata esta mozuela.» Hasta que se percató de lo que podría haber escondido.

Un día logró sorprender a la pobre muchacha cuando salía del cuarto de Ramiro, del señorito —porque a éste sí que le llamaba así— toda encendida y jadeante. Cruzáronse las miradas y la criada rindió la suya. Pero llegó otro en que el niño, Ramirín, se fue a su tía y le dijo:

—Dime, mamá Tula, ¿es Manuela también hermana nuestra?

—Ya te tengo dicho que todos los hombres y mujeres somos hermanos.

—Sí, pero como nosotros, los que vivimos juntos...

—No, porque aunque vive aquí ésta no es su casa...

—¿Y cuál es su casa?

—¿Su casa? No lo quieras saber. ¿Y por qué preguntas eso?

—Porque le he visto a papá que la estaba besando...

Aquella noche, luego que hubieron acostado a los niños, dijo Gertrudis a Ramiro:

—Tenemos que hablar.

—Pero si aún faltan ocho meses...

—¿Ocho meses?

—¿No hace cuatro que me diste un año de plazo?

—No se trata de eso, hombre, sino de algo más serio.

A Ramiro se le paró el corazón y se puso pálido.

—¿Más serio?

—Más serio, sí. Se trata de tus hijos, de su buena crianza, y se trata de esa pobre hospiciana, de la que estoy segura que estás abusando.

—Y si así fuese, ¿quién tiene la culpa de eso?

—¿Y aún lo preguntas? ¿Aún querrás también culparme de ello?

—¡Claro que sí!

—Pues bien, Ramiro: se ha acabado ya aquello del año; no hay plazo ninguno; no puede ser, no puede ser. Y ahora sí que me voy, y, diga lo que dijere la ley, me llevaré a los niños conmigo, es decir, se irán conmigo.

—¿Pero estás loca, Gertrudis?

—Quien está loco eres tú.

—Pero qué querías...

—Nada, o yo o ella. O me voy o echas a esa criadita de casa. Siguióse un congojoso silencio.

—No la puedo echar, Gertrudis, no la puedo echar. ¿Adónde se va? ¿Al Hospicio otra vez?

—A servir a otra casa.

—No la puedo echar, Gertrudis, no la puedo echar —y el hombre rompió a llorar.

—¡Pobre hombre! —murmuró ella poniéndole la mano sobre la suya—. Me das pena.

—Ahora, ¿eh?, ahora.

—Sí; me das lástima... Estoy ya dispuesta a todo...

—¡Gertrudis! ¡Tula!

—Pero has dicho que no la puedes echar...

—Es verdad; no la puedo echar —y volvió a abatirse.

—¿Qué, pues?, ¿que no va sola?

—No, no irá sola.

—Los ocho meses del plazo, ¿eh?

—Estoy perdido, Tula, estoy perdido.

—No, la que está perdida es ella, la huérfana, la hospiciana, la sin amparo.

—Es verdad, es verdad...

—Pero no te aflijas así, Ramiro, que la cosa tiene fácil remedio...

—¿Remedio? ¿Y fácil? —y se atrevió a mirarle a la cara.

—Sí; casarte con ella.

Un rayo que le hubiese herido no le habría dejado más deshecho que esas palabras sencillas.

—¡Que me case! ¡Que me case con la criada! ¿Que me case con una hospiciana? ¡Y me lo dices tú!...

—¡Y quién si no había de decírtelo! Yo, la verdadera madre hoy de tus hijos.

—¿Que les dé madrastra?

—¡No, eso no!, que aquí estoy yo para seguir siendo su madre. Pero que des padre al que haya de ser tu nuevo hijo, y que le des madre también. Esa hospiciana tiene derecho a ser madre, tiene ya el deber de serlo, tiene derecho a su hijo y al padre de su hijo.

—Pero Gertrudis...

—Cásate con ella, te he dicho; y te lo dice Rosa. Sí —y su voz, serena y pastosa, resonó como una campana—. Rosa, tu mujer, te dice por mi boca que te cases con la hospiciana. ¡Manuela!

—«¡Señora!» —se oyó como un gemido, y la pobre muchacha, que acurrucada junto al fogón, en la cocina, había estado oyéndolo todo, no se movió de su sitio. Volvió a llamarla, y después de otro «¡Señora!», tampoco se movió.

—Ven acá, o iré a traerte.

—¡Por Dios! —suplicó Ramiro.

La muchacha apareció cubriéndose la llorosa cara con las manos.

—Descubre la cara y míranos.

—¡No, señora, no!

—Sí, míranos. Aquí tienes a tu amo, a Ramiro, que te pide perdón por lo que de ti ha hecho.

—Perdón, yo, señora, y a usted...

—No, te pide perdón y se casará contigo.

—¡Pero señora! —clamó Manuela a la vez que Ramiro clamaba: «¡Pero Gertrudis!»

—Lo he dicho, se casará contigo: así lo quiere Rosa. No es posible dejarte así. Porque tú estás ya..., ¿no es eso?

—Creo que sí, señora, pero yo...

—No llores así ni hagas juramentos; sé que no es tuya la culpa...

—Pero se podría arreglar...

—Bien sabe aquí Manuela —dijo Ramiro— que nunca he pensado en abandonarla... Yo la colocaría...

—Sí, señora, sí; yo me contento...

—No, tú no debes contentarte con eso que ibas a decir. O, mejor, aquí Ramiro no puede contentarse con eso. Tú te has criado en el Hospicio, ¿no es eso?

—Sí, señora.

—Pues su hijo no se criará en él. Tiene derecho a tener padre, a su padre, y le tendrá. Y ahora vete..., vete a tu cuarto, y déjanos.

Y cuando quedaron Ramiro y ella a solas:

—Me parece que no dudarás ni un momento...

—¡Pero eso que pretendes es una locura, Gertrudis!

—La locura, peor que locura, la infamia, sería lo que pensabas.

—Consúltalo siquiera con el padre Álvarez.

—No lo necesito. Lo he consultado con Rosa.

—Pero si ella te dijo que no dieses madrastra a sus hijos.

—¿A sus hijos? ¡Y tuyos!

—Bueno, sí, a nuestros hijos...

—Y no les daré madrastra. De ellos, de los nuestros, seguiré siendo yo la madre, pero del de ésa...

—Nadie le quitará de ser madre...

—Sí, tú sí no te casas con ella. Eso no será ser madre...

—Pues ella...

—¿Y qué? ¿Porque ella no ha conocido a la suya pretendes tú que no lo sea como es debido?

—Pero fíjate en que esta chica...

—Tú eres quien debió fijarse...

—Es una locura..., una locura...

—La locura ha sido antes. Y ahora piénsalo, que si no haces lo que debes el escándalo lo daré yo. Lo sabrá todo el mundo.

—¡Gertrudis!

—Cásate con ella, y se acabó.

125

XIV

Una profunda tristeza henchía aquel hogar después del matrimonio de Ramiro con la hospiciana. Y ésta parecía aún más que antes la criada, la sirvienta, y más que nunca Gertrudis el ama de la casa. Y esforzábase ésta más que nunca por mantener al nuevo matrimonio apartado de los niños, y que éstos se percataran lo menos posible de aquella convivencia íntima. Mas hubo que tomar otra criada y explicar a los pequeños el caso.

Pero ¿cómo explicarles el que la antigua criada se sentara a comer con los de la casa? Porque esto exigió Gertrudis.

—Por Dios, señora —suplicaba la Manuela—, no me avergüence así..., mire que me avergüenza... Hacerme que me siente a la mesa con los señores, y sobre todo con los niños..., y que hable de tú al señorito..., ¡eso nunca!

—Háblale como quieras, pero es menester que los niños, a los que tanto temes, sepan que eres de la familia. Y ahora, una vez arreglado esto, no podrán ya sorprender intimidades a hurtadillas. Ahora os recataréis mejor. Porque antes el querer ocultaros de ellos os delataba.

La preñez de Manuela fue, en tanto, molestísima. Su fragilísima fábrica de cuerpo la soportaba muy mal. Y Gertrudis, por su parte, le recomendaba que ocultase a los niños lo anormal de su estado.

Ramiro vivía sumido en una resignada desesperación y más entregado que nunca al albedrío de Gertrudis.

—Sí, sí, bien lo comprendo ahora —decía—, no ha habido más remedio, pero...

—¿Te pesa? —le preguntaba Gertrudis.

—De haberme casado, ¡no! De haber tenido que volverme a casar, ¡sí!

—Ahora no es ya tiempo de pensar en eso; ¡pecho a la vida!

—¡Ah si tú hubieras querido, Tula!

—Te di un año de plazo; ¿has sabido guardarlo?

—¿Y si lo hubiese guardado como tú querías, al fin de él qué, dime? Porque no me prometiste nada.

—Aunque te hubiese prometido algo habría sido igual. No, habría sido peor aún. En nuestras circunstancias, el haberte hecho una promesa, el haberte sólo pedido una dilación para nuestro enlace, habría sido peor.

—Pero si hubiese guardado la tregua como tú querías que la guardase, dime: ¿qué habrías hecho?

—No lo sé.

—¿Que no lo sabes..., Tula..., que no lo sabes...?

—No, no lo sé; te digo que no lo sé.

—Pero tus sentimientos...

—Piensa ahora en tu mujer, que no sé si podrá soportar el trance en que la pusiste. ¡Es tan endeble la pobrecilla! Y está tan llena de miedo. Sigue asustada de ser tu mujer y ama de su casa.

Y cuando llegó el peligroso parto repitió Gertrudis las abnegaciones que en los partos de su hermana tuviera, y recogió al niño, una criatura menguada y debilísima, fue quien lo enmantilló y quien se lo presentó a su padre.

—Aquí le tienes, hombre, aquí le tienes.

—¡Pobre criatura! —exclamó Ramiro sintiendo que se le derretían de lástima las entrañas a la vista de aquel mezquino rollo de carne viviente y sufriente.

—Pues es tu hijo, un hijo más... Es un hijo más que nos llega.

—¿Nos llega? ¿También a ti?

—Sí, también a mí; no he de ser madrastra para él, yo que hago que no la tengan los otros.

Y así fue que no hizo distinción entre uno y otros.

—Eres una santa, Gertrudis —le decía Ramiro—, pero una santa que ha hecho pecadores.

—No digas eso; soy una pecadora que me esfuerzo por hacer santos, santos a tus hijos y a ti y a tu mujer.

—¡Mi mujer!

—Tu mujer, sí; la madre de tu hijo. ¿Por qué la tratas con ese cariñoso despego y como a una carga?

—¿Y qué quieres que haga, que me enamore de ella?

—¿Pero no lo estabas cuando la sedujiste?

—¿De quién? ¿De ella?

—Ya lo sé, ya sé que no; pero lo merece la pobre...

—¡Pero si es la menor cantidad de mujer posible, si no es nada!

—No, hombre, no; es más, es mucho más de lo que tú te crees. Aún no la has conocido.

—Si es una esclava...

—Puede ser, pero debes libertarla... La pobre está asustada..., nació asustada... Te aprovechaste de su susto...

—No sé, no sé cómo fue aquello...

—Así sois los hombres; no sabéis lo que hacéis ni pensáis en ello. Hacéis las cosas sin pensarlas...

—Peor es muchas veces pensarlas y no hacerlas.

—¿Por qué lo dices?

—No, nada, por nada...

—¿Tú crees sin duda que yo no hago más que pensar?

—No, no he dicho que crea eso...

—Si, tú crees que yo no soy más que pensamiento...

XV

De nuevo la pobre Manuela, la hospiciana, la esclava, hallábase preñada. Y Ramiro muy malhumorado con ello.

—Como si uno no tuviese bastante con los otros... —decía.

—¡Y yo qué quieres que le haga! —exclamaba la víctima.

—Después de todo, tú lo has querido así —concluía Gertrudis.

Y luego, aparte, volvía a reprenderle por el trato de compasivo despego que daba a su mujer. La cual soportaba esta preñez aún peor que la otra.

—Me temo por la pobre muchacha —vaticinó don Juan, el médico, un viudo que menudeaba sus visitas.

—¿Cree usted que corre peligro? —le preguntó Gertrudis.

—Esta pobre chica está deshecha por dentro; es una tísica consumada y consumida. Resistirá, es lo más probable, hasta dar a luz, pues la Naturaleza, que es muy sabia...

—¡La Naturaleza no! La Santísima Virgen Madre, don Juan —le interrumpió Gertrudis.

—Como usted quiera; me rindo, como siempre, a su superior parecer. Pues, como decía, la Naturaleza o la Virgen, que para mí es lo mismo...

—No, la Virgen es la Gracia...

—Bueno, pues la Naturaleza, la Virgen, la Gracia o lo que sea, hace que en estos casos la madre se defienda y resista hasta que dé a luz al nuevo ser. Ese inocente pequeñuelo le sirve a la pobre madre futura como escudo contra la muerte.

—¿Y luego?

—¿Luego? Que probablemente tendrá usted que criar sola, sirviéndose de un ama de cría, por supuesto, un crío más. Tiene ya cuatro; cargará con cinco.

—Con todos los que Dios me mande.

—Y que probablemente, no digo que seguramente, a no tardar mucho, don Ramiro volverá a quedar libre —y miró fijamente con sus ojillos grises a Gertrudis.

—Y dispuesto a casarse tercera vez[32] —agregó ésta haciéndose la desentendida.

—¡Eso sería ya heroico!

—Y usted, puesto que permanece viudo, y viudo sin hijos, es que no tiene madera de héroe.

—¡Ah, doña Gertrudis, si yo pudiese hablar!

—¡Pues cállese usted!

—Me callo.

Le tomó la mano, reteniéndosela un rato, y dándole con la otra suya unos golpecitos añadió con un suspiro:

—Cada hombre es un mundo, Gertrudis.

—Y cada mujer, una luna, ¿no es eso, don Juan?

—Cada mujer puede ser un cielo.

«Este hombre me dedica un cortejeo platónico», se dijo Gertrudis.

Cuando en la casa temían por la pobre Manuela y todos los cuidados eran para ella, cayó de pronto en cama Ramiro, declarándosele desde luego una pulmonía. La pobre hospiciana quedóse como atontada.

—Déjame a mí, Manuela —le dijo Gertrudis—; tú cuídate y cuida a lo que llevas contigo. No te empeñes en atender a tu marido, que eso puede agravarte.

—Pero yo debo...

—Tú debes cuidar de lo tuyo.

—Y mi marido, ¿no es mío?

—No, ahora no; ahora es tuyo tu hijo que está por venir.

---

[32] En todas las ediciones posteriores a la primera (incluida la de Editorial Planeta, que dice reproducir el texto de la primera) se lee, convencionalmente, «por tercera vez». Pienso, no obstante, que la elipsis es permisible en un giro como éste, por lo que mantengo el original.

La enfermedad de Ramiro se agravaba.

—Temo complicaciones al corazón —sentenció don Juan—. Lo tiene débil; claro, ¡los pesares y disgustos!

—¿Pero se morirá, don Juan? —preguntó henchida de angustia Gertrudis.

—Todo pudiera ser...

—Sálvele, don Juan, sálvele, como sea...

—Qué más quisiera yo...

—¡Ah, qué desgracia! ¡Qué desgracia! —y por primera vez se le vio a aquella mujer tener que sentarse y sufrir un desvanecimiento.

—Es, en efecto, terrible —dijo el médico en cuanto Gertrudis se repuso— dejar así cuatro hijos, ¿qué digo cuatro?, cinco se puede decir, ¡y esa pobre viuda tal como está...!

—Eso es lo de menos, don Juan; para todo eso me basto y me sobro yo. ¡Qué desgracia! ¡Qué desgracia!

Y el médico se fue diciéndose: «Está visto; esta cuñadita contaba con volver a tenerle libre a su cuñado. Cada persona es un mundo y algunas varios mundos. ¡Pero qué mujer! ¡Es toda una mujer! ¡Qué fortaleza! ¡Qué sagacidad! ¡Y qué ojos! ¡Qué cuerpo! ¡Irradia fuego!»

Ramiro, una tarde en que la fiebre, remitiéndosele, habíale dejado algo más tranquilo, llamó a Gertrudis, le rogó que cerrara la puerta de la alcoba, y le dijo:

—Yo me muero, Tula, me muero sin remedio. Siento que el corazón no quiere ya marchar, a pesar de todas las inyecciones; yo me muero...

—No pienses en eso, Ramiro.

Pero ella también creía en aquella muerte.

—Me muero, y es hora, Tula, de decirte toda la verdad. Tú me casaste con Rosa.

—Como no te decidías y dabas largas...

—¿Y ¿sabes por qué?

—Sí, lo sé, Ramiro.

—Al principio, al veros, al ver a la pareja, sólo reparé en Rosa; era a quien se le veía de lejos; pero al acercarme, al empezar a frecuentaros, sólo te vi a ti, pues eras la única a quien desde cerca se veía. De lejos te borraba ella; de cerca la borrabas tú.

—No hables así de mi hermana, de la madre de tus hijos.

—No; la madre de mis hijos eres tú, tú, tú.

—No pienses ahora sino en Rosa, Ramiro.

—A la que me juntaré pronto, ¿no es eso?

—¡Quién sabe...! Piensa en vivir, en tus hijos...

—A mis hijos les quedas tú, su madre.

—Y en Manuela, en la pobre Manuela...

—Aquel plazo, Tula, aquel plazo fatal.

Los ojos de Gertrudis se hinchieron de lágrimas.

—¡Tula! —gimió el enfermo abriendo los brazos.

—¡Sí, Ramiro, sí! —exclamó ella cayendo en ellos y abrazándole.

Juntaron las bocas y así se estuvieron, sollozando.

—¿Me perdonas todo, Tula?

—No Ramiro, no; eres tú quien tienes que perdonarme.

—¿Yo?

—¡Tú! Una vez hablabas de santos que hacen pecadores. Acaso he tenido una idea inhumana de la virtud. Pero cuando lo primero, cuando te dirigiste a mi hermana, yo hice lo que debí hacer. Además, te lo confieso, el hombre, todo hombre, hasta tú, Ramiro, hasta tú, me ha dado miedo siempre; no he podido ver en él sino el bruto. Los niños, sí; pero el hombre... He huido del hombre...

—Tienes razón, Tula.

—Pero ahora descansa, que estas emociones así pueden dañarte.

Le hizo guardar los brazos bajo las mantas, le arropó, le dio un beso en la frente como se le da a un niño —y un niño era entonces para ella— y se fue. Mas al encontrarse sola se dijo: «¿Y si se repone y cura? ¿Si no se muere? ¿Ahora que ha acabado de romperse el secreto entre nosotros? ¿Y la pobre Manuela? ¡Tendré que marcharme! ¿Y adónde? ¿Y si Manuela se muere y vuelve él a quedarse libre?» Y fue a ver a Manuela, a la que encontró postradísima.

Al siguiente día llevó a los niños al lecho del padre, ya sacramentado y moribundo; los levantó uno a uno y les hizo que le besaran. Luego fue, apoyada en ella, en Gertrudis, Manuela, y de poco se muere de la congoja que le dio sobre el enfermo. Hubo que sacarla y acostarla. Y poco después, cogido de una mano a otra de Gertrudis, y susurrando: «¡Adiós, mi Tula!», rindió el espíritu con el último huelgo Ramiro. Y ella, la tía, vació su corazón en sollozos de congoja sobre el cuerpo exánime del padre de sus hijos, de su pobre Ramiro.

XVI

Apenas, fuera de la soberana, hubo abatimiento en aquel
hogar, pues los niños eran incapaces de darse cuenta de lo
que había pasado, y Manuela, la viuda casi sin saberlo, con-
centraba su vida y su ánimo todos[33] en luchar, al modo de
una planta, por la otra vida que llevaba en su seno y aun re-
pitiendo, como un gemido de res herida, que se quería morir. Gertrudis proveía a todo.

Cerró los ojos al muerto, no sin decirse: «¿Me estará mirando todavía...?» Le amortajó cómo lo había hecho con su
tío, cubriéndole con un hábito sobre la ropa con que murió,
y sin quitarle ésta, y luego, quebrantada por un largo cansancio, por fatiga de años, juntó un momento su boca a la
boca fría de Ramiro, y repasó sus vidas, que era su vida.
Cuando el llanto de uno de los niños, del pequeñito, del
hijo de la hospiciana, le hizo desprenderse del muerto e ir a
coger y acallar y mimar al que vivía.

Manuela iba hundiéndose.

—Yo, señora, me muero; no voy a poder resistir esta vez;
este parto me cuesta la vida.

Y así fue. Dio a luz una niña, pero se iba en sangre. La
niña misma nació envuelta en sangre. Y Gertrudis tuvo que
vencer la repugnancia que la sangre, sobre todo la negra y
cuajada, le producía. Siempre le costó una terrible brega
consigo misma el vencer este asco. Cuando una vez, poco
antes de morir, su hermana Rosa tuvo un vómito, de ella

---

[33] En *Obras Completas*, «su ánimo todo». Retengo el plural de la primera
edición, ya que el adjetivo puede calificar a ambos sustantivos.

Gertrudis huyó despavorida[34]. Y no era miedo, no; era, sobre todo, asco.

Murió Manuela clavados en los ojos de Gertrudis sus ojos, donde vagaban figuras de niebla sobre las sombras del Hospicio.

—Por tus hijos no pases cuidado —le había dicho Gertrudis—, que yo he de vivir hasta dejarlos colocados y que se puedan valer por sí en el mundo, y si no les dejaré sus hermanos. Cuidaré sobre todo de esta última, ¡pobrecilla!, la que te cuesta la vida. Yo seré su madre y su padre.

—¡Gracias! ¡Gracias! ¡Gracias! ¡Dios se lo pagará! ¡Es una santa!

Y quiso besarle la mano, pero Gertrudis se inclinó a ella, la besó en la frente y le puso su mejilla a que se la besase. Y esas expresiones de gratitud repetíalas la hospiciana como quien recita una lección aprendida desde niña. Y murió como había vivido, como una res sumisa y paciente, más bien como un enser.

Y fue esta muerte, tan natural, la que más ahondó en el ánimo de Gertrudis, que había asistido a otras tres ya. En ésta creyó sentir mejor el sentido del enigma. Ni la de su tío, ni la de su hermana, ni la de Ramiro horadaron tan hondo el agujero que se iba abriendo en el centro de su alma. Era como si esta muerte confirmara las otras tres, como si las iluminara a la vez.

En sus solitarias cavilaciones se decía: «Los otros se murieron; ¡a ésta la han matado...! ¡la ha matado...! ¡la hemos matado! ¿No la he matado yo más que nadie? ¿No la he traído yo a este trance? ¿Pero es que la pobre ha vivido? ¿Es que pudo vivir? ¿Es que nació acaso? Si fue expósita, ¿no ha sido *exposición* su muerte? ¿No lo fue su casamiento? ¿No la hemos echado en el torno de la eternidad para que entre al hospicio de la Gloria? ¿No será allí hospiciana también?» Y lo que más le acongojaba era el pensamiento tenaz que le perseguía de lo que sentiría Rosa al recibirla al lado suyo, al lado de Ramiro, y conocerla en el otro mundo. Su tío, el

---

[34] En *Obras Completas* y Espasa-Calpe se normaliza la sintaxis: «Gertrudis huyó de ella despavorida.» Retengo la sintaxis de la primera edición.

buen sacerdote que les crió, cumplió su misión en este mundo, protegió con su presencia la crianza de ellas; su hermana Rosa logró su deseo y gozó y dejó los hijos que había querido tener; Ramiro... ¿Ramiro? Sí, también Ramiro hizo su travesía, aunque a remo y de espaldas a la estrella que le marcaba rumbo, y sufrió, pero con noble sufrir, y pecó y purgó su pecado; pero ¿y esta pobre que ni sufrió siquiera, que no pecó, sino se pecó en ella y murió huérfana...? «Huérfana también murió Eva...», pensaba Gertrudis. Y luego: «¡No; tuvo a Dios de padre! ¿Y madre? Eva no conoció madre... ¡Así se explica el pecado original...! ¡Eva murió huérfana de humanidad!» Y Eva le trajo el recuerdo del relato del *Génesis*, que había leído poco antes, y cómo el Señor alentó al hombre por la nariz soplo de vida, y se imaginó que se la quitase por manera análoga. Y luego se figuraba que a aquella pobre hospiciana, cuyo sentido de vida no comprendía, le quitó Dios la vida de un beso, posando sus infinitos labios invisibles, los que se cierran formando el cielo azul, sobre los labios, azulados por la muerte, de la pobre muchacha, y sorbiéndole el aliento así.

Y ahora quedábase Gertrudis con sus cinco crías, y bregando, para la última, con amas.

El mayor, Ramirín, era la viva imagen de su padre, en figura y en gestos, y su tía proponíase combatir en él desde entonces, desde pequeño, aquellos rasgos e inclinaciones de aquél que, observando a éste, había visto que más le perjudicaban. «Tengo que estar alerta —se decía Gertrudis— para cuando en él se despierte el hombre, el macho más bien, y educarle a que haga su elección con reposo y tiento.» Lo malo era que su salud no fuese del todo buena y su desarrollo difícil y hasta doliente.

Y a todos había que sacarlos adelante en la vida y educarlos en el culto a sus padres perdidos.

—¿Y los pobres niños de la hospiciana? «Esos también son míos —pensaba Gertrudis—; tan míos como los otros, como los de mi hermana, más míos aún. Porque éstos son hijos de mi pecado. ¿Del mío? ¿No más bien el de él? ¡No, de mi pecado! ¡Son los hijos de mi pecado! ¡Sí, de mi pecado! ¡Pobre chica!» Y le preocupaba sobre todo la pequeñita.

XVII

Gertrudis, molesta por las insinuaciones de don Juan, el médico, que menudeaba las visitas para los niños, y aun pretendió verla a ella como enferma, cuando no sabía que adoleciese de cosa alguna, le anunció un día hallarse dispuesta a cambiar de médico.

—¿Cómo así, Gertrudis?

—Pues muy claro: le observo a usted singularidades que me hacen temer que está entrando en la chochera de una vejez prematura, y para médico necesitamos un hombre con el seso bien despejado y despierto.

—Muy bien; pues que ha llegado el momento, usted me permitirá que le hable claro.

—Diga lo que quiera, don Juan, mas en la inteligencia de que es lo último que dirá en esta casa.

—¡Quién sabe...!

—Diga.

—Yo soy viudo y sin hijos, como usted sabe, Gertrudis. Y adoro a los niños.

—Pues vuélvase usted a casar.

—A eso voy.

—¡Ah! ¿Y busca usted consejo de mí?

—Busco más que consejo.

—¿Que le encuentre yo novia?

—Yo soy médico, le digo, y no sólo no tuve hijos de mi mujer, que era viuda, y perdimos el que ella me trajo al matrimonio, ¡aún le lloro al pobrecillo!, sino que sé, sé positivamente, sé con toda seguridad, que no he de tener nunca hijos propios, que no puedo tenerlos. Aunque no por eso, claro está, me sienta menos hombre que otro cualquiera; ¿usted me entiende, Gertrudis?

—Quisiera no entenderle a usted, don Juan.

—Para acabar, yo creo que a estos niños, a estos sobrinos de usted y a los otros dos acaso...

—Son tan sobrinos para mí como los otros, más bien hijos.

—Bueno, pues que a estos hijos de usted, ya que por tales les tiene, no les vendría mal un padre, y un padre no mal acomodado y hasta regularmente rico.

—¿Y eso es todo?

—Sí, que yo creo que hasta necesitan padre.

—Les basta, don Juan, con el Padre nuestro que está en los cielos.

—Y como madre usted, que es la representante de la Madre Santísima, ¿no es eso?

—Usted lo ha dicho, don Juan, y por última vez en esta casa.

—¿De modo que...?

—Que toda esa historia de la necesidad que siente de tener hijos y de su incapacidad para tenerlos, ¿le he entendido bien, don Juan?

—Perfectamente, y esto último, por supuesto, quede entre los dos.

—No seré yo quien le estorbe otro matrimonio. Y esa historia, digo, no me ha convencido de que usted busque hijos que adoptar, que eso le será muy fácil y casándose, sino que me busca a mí y me buscaría aunque estuviese sola y hubiésemos de vivir solos y sin hijos; ¿le he entendido, don Juan? ¿Me entiende usted?

—Cierto es, Gertrudis, que si estuviese sola lo mismo me casaría con usted, si usted lo quisiera, ¡claro!, porque yo soy muy claro, muy claro, y es usted la que me atrae; pero en ese caso nos quedaba el adoptar hijos de cualquier modo, aunque fuese sacándolos del Hospicio. Pues ya he podido ver que usted, como yo, se muere por los niños y que los necesita y los busca y los adora.

—Pero ni usted ni nadie ha visto, don Juan, que yo haya sido y sea incapaz de hacerlos; nadie puede decir que yo sea estéril, y no vuelva a poner los pies en esta casa.

—¿Por qué, Gertrudis?

—¡Por puerco!

138

Y así se despidieron para siempre.

Mas luego que le hubo así despachado entróle una ㄴㄴㄴ deñosa lástima, un lastimero desdén de aquel hombre. «¿No le he tratado con demasiada dureza? —se decía—. El hombre me sacaba de quicio, es cierto; sus miradas me herían más que sus palabras, pero debí tratarle de otro modo. El pobrecillo parece que necesita remedio, pero no el que él busca, sino otro, un remedio heroico y radical.» Pero cuando supo que don Juan se remediaba empezó a pensar si era, en efecto, calor de hogar lo que buscaba, aunque bien pronto dio en otra sospecha que le sublevó aún más el corazón. «¡Ah —se dijo—, lo que necesita es un ama de casa[35], una que le cuide, que le ponga sobre la cama la ropa limpia, que haga que se le prepare el puchero..., peor, peor que el remedio, peor aún! ¡Cuando una no es remedio es animal doméstico y la mayor parte de las veces ambas cosas a la vez! Estos hombres... ¡O porquería o poltronería! ¡Y aún dicen que el cristianismo redimió nuestra suerte, la de las mujeres!» Y al pensar esto, acordándose de su buen tío, se santiguó diciéndose: «¡No, no lo volveré a pensar...!»

¿Pero quién enfrentaba a un pensamiento que mordía en el fruto de la ciencia del mal? «¡El cristianismo, al fin, y a pesar de la Magdalena, es religión de hombres —se decía Gertrudis—; masculinos el Padre, el Hijo y el Espíritu Santo...! ¿Pero y la Madre? La religión de la Madre está en: "He aquí la criada del Señor; hágase en mí según tu palabra"[36] y en pedir a su Hijo que provea de vino a unas bodas, de vino que embriaga y alegra y hace olvidar penas, y para que el Hijo le diga: "¿Qué tengo yo que ver contigo, mujer? Aún no ha venido mi hora"[37]. ¿Qué tengo que ver contigo...? Y llamarle mujer y no madre...» Y volvió a santiguarse, esta vez con verdadero temblor. Y es que el demonio de su guarda —así decía ella— le susurró: «¡Hombre al fin!»

---

[35] Falta la palabra «ama» en la primera edición.
[36] Evangelio de San Lucas, I, 38.
[37] Evangelio de San Juan, II, 4.

XVIII

Corrieron unos años apacibles y serenos. La orfandad daba a aquel hogar en el que de nada de bienestar se carecía, una íntima luz espiritual de serena calma. Apenas si había que pensar en el día de mañana. Y seguían en él viviendo, con más dulce imperio que cuando respirando llenaban con sus cuerpos sus sitios, los tres que le dieron a Gertrudis masa con que fraguarlo, Ramiro y sus dos mujeres de carne y hueso. De continuo hablaba Gertrudis de ellos a sus hijos. «¡Mira que te está mirando tu madre!» o «¡Mira que te ve tu padre!» Eran sus dos más frecuentes amonestaciones. Y los retratos de los que se fueron presidían el hogar de los tres.

Los niños, sin embargo, íbanlos olvidando. Para ellos no existían sino en las palabras de mamá Tula, que así la llamaban todos. Los recuerdos directos del mayorcito, de Ramirín, se iban perdiendo y fundiendo en los recuerdos de lo que de ellos oía contar a su tía. Sus padres eran ya para él una creación de ésta.

Lo que más preocupaba a Gertrudis era evitar que entre ellos naciese la idea de una diferencia, de que había dos madres, de que no eran sino medio hermanos. Mas no podía evitarlo. Sufrió en un principio la tentación de decirles que las dos, Rosa y Manuela, eran, como ella misma, madres de todos ellos, pero vio la imposibilidad de mantener mucho tiempo el equívoco; y, sobre todo, el amor a la verdad, un amor en ella desenfrenado, le hizo rechazar tal tentación al punto.

Porque su amor a la verdad confundíase en ella con su amor a la pureza. Repugnábanle esas historietas corrientes con que se trata de engañar la inocencia de los niños, como la de decirles que los traen a este mundo desde París, donde los compran. «¡Buena gana de gastar el dinero en tonto!» —había dicho un niño que tenía varios hermanos y a quien le dijeron que a un amiguito suyo le iban a traer pronto un hermanito sus padres. «Buena gana de gastar mentiras en balde» —se decía Gertrudis; añadiéndose: «toda mentira es cuando menos en balde».

—Me han dicho que soy hijo de una criada de mi padre; que mi mamá fue criada de la mamá de mis hermanos.

Así fue diciendo un día a casa el hijo de Manuela. Y la tía Tula, con su voz más seria y delante de todos, le contestó:

—Aquí todos sois hermanos, todos sois hijos de un mismo padre y de una misma madre, que soy yo.

—¿Pues no dices, mamita, que hemos tenido otra madre?

—La tuvisteis, pero ahora la madre soy yo; ya lo sabéis. ¡Y que no se vuelva a hablar de eso!

Mas no lograba evitar el que se trasparentara que sentía preferencias. Y eran por el mayor, el primogénito, Ramirín, al que engendró su padre cuando aún tuviera reciente en el corazón el cardenal del golpe que le produjo el haber tenido que escoger entre las dos hermanas, o mejor el haber tenido que aceptar de mandato de Gertrudis a Rosa, y por la pequeñuela, por Manolita, pálido y frágil botoncito de rosa que hacía temer lo hiciese ajarse un frío o un ardor tempranos.

De Ramirín, del mayor, una voz muy queda, muy sumisa, pero de un susurro sibilante y diabólico, que Gertrudis solía oír que brotaba de un rincón de las entrañas de su espíritu —y al oírla se hacía, santiguándose, una cruz sobre la frente y otra sobre el pecho, ya que no pudiese taparse los oídos íntimos de aquélla y de éste—, de Ramirín decíale ese tentador susurro que acaso cuando le engendró su padre soñaba más en ella, en Gertrudis, que en Rosa. Y de Manolita, de la hija de la muerte de la hospiciana, se decía que sin su decisión de casar segunda vez a Ramiro, sin aquel haberle obligado a redimir su pecado y a rescatar a la víctima de él, a la pobre Manuela, no viviría el pálido y frágil botoncito.

¡Y lo que le costó criarla! Porque el primer hijo de Ramiro y Manuela fue criado por ésta, por su madre. La cual, sumisa siempre como una res, y ayudada a la vez por su natural instinto, no intentó siquiera rehusarlo a pesar de la endeblez de su carne, pero fue con el hombre, fue con el marido, con quien tuvo que bregar Gertrudis. Porque Ramiro, viendo la flaqueza de su pobre mujer, procuró buscar nodriza a su hijo. Y fue Gertrudis, la que le obligó a casarse con aquélla, quien se plantó en firme en que había de ser la madre misma quien criara al hijo. «No hay leche como la de la madre» —repetía, y al redargüir su cuñado: «Sí, pero es tan débil que corren peligro ella y el niño, y éste se criará enclenque», replicaba implacable la soberana del hogar: «¡Pretextos y habladurías! Una mujer a la que se le puede alimentar, puede siempre criar y la naturaleza ayuda, y en cuanto al niño, te repito que la mejor leche es la de la madre, si no está envenenada.» Y luego, bajando la voz, agregaba: «Y no creo que le hayas envenenado la sangre a tu mujer.» Y Ramiro tenía que someterse. Y la querella terminó un día en que a nuevas instancias del hombre, que vio que su nueva mujer sufrió un vahído, para que le desahijaran el hijo, la soberana del hogar, cogiéndole aparte, le dijo: «¡Pero qué empeño, hombre! Cualquiera creería que te estorba el hijo...»

—¿Cómo que me estorba el hijo...? No lo comprendo...

—¿No lo comprendes? ¡Pues yo sí!

—Como no te expliques...

—¿Que me explique? ¿Te acuerdas de lo de aquel bárbaro de Pascualón, el guarda de tu cortijo de Majadalaprieta?

—¿Qué? ¿Aquello que comentamos de la insensibilidad con que recibió la muerte de su hijo...?

—Sí.

—¿Y qué tiene que ver esto con aquello? Por Dios, Tula...

—Que a mí aquello me llegó al fondo del alma, me hirió profundamente y quise averiguar la raíz del mal...

—Tu manía de siempre...

—Sí, ya me decía el pobre tío que yo era como Eva, empeñada en conocer la ciencia del bien y del mal.

—¿Y averiguaste...?

—Que a aquel... hombre...

—¿Ibas a decir...?

—Que a aquel hombre, digo, le estorbaba el niño para más cómodamente disponer de su mujer. ¿Lo entiendes?

—¡Qué barbaridad!

Pero ya Ramiro tuvo que darse por vencido y dejó que su Manuela criara al niño mientras Gertrudis lo dispusiese así.

Y ahora se encontraba ésta con que tenía que criar a la pequeñuela, a la hija de la muerte, y que forzosamente había de dársela a una madre de alquiler, buscándole un pecho mercenario. Y esto le horrorizaba. Horrorizábale porque temía que cualquier nodriza, y más si era soltera, pudiese tener envenenada, con la sangre, la leche, y abusase de su posición. «Si es soltera —se decía—, ¡malo! Hay que vigilarla para que no vuelva al novio o acaso a otro cualquiera, y si es casada, malo también, y peor aún si dejó al hijo propio para criar el ajeno.» Porque esto era lo que sobre todo le repugnaba. Vender el jugo maternal de las propias entrañas para mantener mal, para dejarlos morir acaso de hambre, a los propios hijos, era algo que le causaba dolorosos retortijones en las entrañas maternales. Y así es como se vio desde un principio en conflicto con las amas de cría de la pobre criatura, y teniendo que cambiar de ellas cada cuatro días. ¡No poder criarle ella misma! Hasta que tuvo que acudir a la lactancia artificial.

Pero el artificio se hizo en ella arte, y luego poesía, y por fin más profunda naturaleza que la del instinto ciego. Fue un culto, un sacrificio, casi un sacramento. El biberón, ese artefacto industrial, llegó a ser para Gertrudis el símbolo y el instrumento de un rito religioso. Limpiaba los botellines, cocía los pisgos cada vez que los había empleado, preparaba y esterilizaba la leche con el ardor recatado y ansioso con que una sacerdotisa cumpliría un sacrificio ritual. Cuando ponía el pisgo de caucho en la boquita de la pobre criatura, sentía que le palpitaba y se le encendía la propia mama. La pobre criatura posaba alguna vez su manecita en la mano de Gertrudis, que sostenía el frasco.

Se acostaba con la niña, a la que daba calor con su cuerpo, y contra éste guardaba el frasco de la leche por si de noche se despertaba aquélla pidiendo alimento. Y se le antojaba que el calor de su carne, enfebrecida a ratos por la fiebre

de la maternidad virginal, de la virginidad maternal, daba a
aquella leche industrial una virtud de vida materna y hasta
que pasaba a ella, por misterioso modo, algo de los ensueños que habían florecido en aquella cama solitaria. Y al darle de mamar, en aquel artilugio, por la noche, a oscuras y a
solas las dos, poníale a la criaturita uno de sus pechos estériles, pero henchidos de sangre, al alcance de las manecitas
para que siquiera las posase sobre él mientras chupaba el
jugo de vida. Antojábasele que así una vaga y dulce ilusión
animaría a la huérfana. Y era ella, Gertrudis, la que así soñaba. ¿Qué? Ni ella misma lo sabía bien.

Alguna vez la criaturita se vomitó sobre aquella cama,
limpia siempre hasta entonces como una patena, y de pronto sintió Gertrudis la punzada de la mancha. Su pasión mor-
bosa por la pureza, de que procedía su culto místico a la limpieza, sufrió entonces, y tuvo que esforzarse para dominar-
se. Comprendía, sí, que no cabe vivir sin mancharse y que
aquella mancha era inocentísima, pero los cimientos de su
espíritu se conmovían dolorosamente con ello. Y luego le
apretaba a la criaturita contra sus pechos pidiéndole perdón
en silencio por aquella tentación de su pureza.

XIX

Fuera de este cuidado maternal por la pobre criaturita de la muerte de Manuela, cuidado que celaba una expiación y un culto místicos, y sin desatender a los otros y esforzándose por no mostrar preferencias a favor de los de su sangre, Gertrudis se preocupaba muy en especial de Ramirín y seguía su educación paso a paso, vigilando todo lo que en él pudiese recordar rasgos de su padre, a quien físicamente se parecía mucho. «Así sería a su edad», pensaba la tía y hasta buscó y llegó a encontrar entre los papeles de su cuñado retratos de cuando éste era un chicuelo, y los miraba y remiraba para descubrir en ellos al hijo. Porque quería hacer de éste lo que de aquél habría hecho a haberle conocido y podido tomar bajo su amparo y crianza cuando fue un mozuelo a quien se le abrían los caminos, de la vida. «Que no se equivoque como él —se decía—, que aprenda a detenerse para elegir, que no encadene la voluntad antes de haberla asentado en su raíz viva, en el amor perfecto y bien alumbrado, a la luz que le sea propia.» Porque ella creía que no era al suelo, sino al cielo, a lo que había que mirar antes de plantar un retoño; no al mantillo de la tierra, sino a las razas de lumbre que del sol le llegaran, y que crece mejor el arbolito que prende sobre una roca al solano dulce del mediodía que no el que sobre un mantillo vicioso y graso se alza a la umbría. La luz era la pureza.

Fue con Ramirín aprendiendo todo lo que él tenía que aprender, pues le tomaba a diario las lecciones. Y así satisfacía aquella ansia por saber que desde niña le había aquejado y que hizo que su tío la comparase alguna vez con Eva. Y de entre las cosas que aprendió con su sobrino y para enseñárselas, pocas le interesaron más que la geometría. ¡Nunca lo hubiese ella creído! Y es que en aquellas demostraciones de la geometría, ciencia árida y fría al sentir de los más, encontraba Gertrudis un no sabía qué de luminosidad y de pureza. Años después, ya mayor Ramirín, y cuando el polvo que fue la carne de su tía reposaba bajo tierra, sin luz de sol, recordaba el entusiasmo con que un día de radiante primavera le explicaba cómo no puede haber más que cinco y sólo cinco poliedros regulares; tres formados de triángulos: el tetraedro, de cuatro; el octaedro, de ocho, y el icosaedro, de veinte; uno de cuadrados: el cubo, de seis; y uno de pentágonos: el dodecaedro, de doce. «"¿Pero no ves qué claro?", me decía —contaba el sobrino—; "¿no lo ves?, sólo cinco y no más que cinco, ni uno menos, ni uno más, ¡qué bonito! Y no puede ser de otro modo, ¡tiene que ser así!", y al decirlo me mostraba los cinco modelos en cartulina blanca, blanquísima, que ella misma había construido, con sus santas manos, que eran prodigiosas para toda labor, y parecía como si acabase de descubrir por sí misma la ley de los cinco poliedros regulares..., ¡pobre tía Tula! Y recuerdo que como a uno de aquellos modelos geométricos le cayera una mancha de grasa, hizo otro porque decía que con la mancha no se veía bien la demostración. Para ella la geometría era luz y pureza.»

En cambio huyó de enseñarle anatomía y fisiología. «Ésas son porquerías —decía— y en que nada se sabe de cierto ni de claro.»

Y lo que sobre todo acechaba era el alborear de la pubertad en su sobrino. Quería guiarle en sus primeros descubrimientos sentimentales y que fuese su amor primero el último y el único. «¿Pero es que hay un primer amor?», se preguntaba a sí misma sin acertar a responderse.

Lo que más temía era las soledades de su sobrino. La soledad, no siendo a toda luz, la temía. Para ella no había más soledad santa que la del sol y la de la Virgen de la Soledad cuando se quedó sin su Hijo, el Sol del Espíritu. «Que no se encierre en su cuarto —pensaba—, que no esté nunca, a poder ser, solo; hay soledad que es la peor compañía; que no lea mucho sobre todo, que no lea mucho; y que no se esté mirando grabados.» No temía tanto para su sobrino a lo vivo cuanto a lo muerto, a lo pintado. «La muerte viene por lo muerto», pensaba.

Confesábase Gertrudis con el confesor de Ramirín, y era para, dirigiendo al director del muchacho en la dirección de éste, ser ella la que de veras le dirigiese[38]. Y por eso en sus confesiones hablaba más que de sí misma de su hijo mayor, como le llamaba. «Pero es, señora, que usted viene aquí a confesar sus pecados y no los de otros», le tuvo que decir alguna vez el padre Álvarez, a lo que ella contestó: «Y si ese chico es mi pecado...»

Cuando una vez creyó observar en el muchacho inclinaciones ascéticas, acaso místicas, acudió alarmada al padre Álvarez.

—¡Eso no puede ser, padre!

—Y si Dios le llamase por ese camino...

—No, no le llama por ahí; lo sé, lo sé mejor que usted y desde luego mejor que él mismo; eso es... la sensualidad que se le despierta...

—Pero, señora...

—Sí, anda triste, y la tristeza no es señal de vocación religiosa. ¡Y remordimiento no puede ser! ¿De qué...?

—Los juicios de Dios, señora...

—Los juicios de Dios son claros. Y esto es oscuro. Quítele eso de la cabeza. ¡Él ha nacido para padre y yo para abuela!

—¡Ya salió aquello!

—¡Sí, ya salió aquello!

—¡Y cómo le pesa a usted eso! Líbrese de ese peso... Me ha dicho cien veces que había ahogado ese mal pensamiento...

—¡No puedo, padre, no puedo! Que ellos, que mis hijos —porque son mis hijos, mis verdaderos hijos—, que ellos no lo sepan, que no lo sepan, padre, que no lo adivinen...

---

[38] Curiosa forma de expresarlo, ya que el padre Álvarez fue confesor de Gertrudis muchísimo antes que de Ramirín. Hubiera resultado más lógico decir que Gertrudis se las compuso para que Ramirín tuviese el mismo confesor que ella.

—Cálmese, señora, por Dios, cálmese..., y deseche esas aprensiones..., esas tentaciones del Demonio, se lo he dicho cien veces... Sea la que es... la tía Tula que todos conocemos y veneramos y admiramos...; sí, admiramos...

—¡No, padre no! ¡Usted lo sabe! Por dentro soy otra...

—Pero hay que ocultarlo...

—Sí, hay que ocultarlo, sí; pero hay días en que siento ganas de reunir a sus hijos, a mis hijos...

—¡Sí, suyos, de usted!

—¡Sí, yo madre, como usted... padre!

—Deje eso, señora, deje eso...

—Sí, reunirles y decirles que toda mi vida ha sido una mentira, una equivocación, un fracaso...

—Usted se calumnia, señora. Esa no es usted, usted es la otra..., la que todos conocemos..., la tía Tula...

—Yo le hice desgraciado, padre; yo le hice caer dos veces: una con mi hermana, otra vez con otra...

—¿Caer?

—¡Caer, sí! ¡Y fue por soberbia!

—No, fue por amor, por verdadero amor...

—Por amor propio, padre —y estalló a llorar.

XX

Logró sacar a su sobrino de aquellas veleidades ascéticas y se puso a vigilarle, a espiar la aparición del primer amor. «Fíjate bien, hijo —le decía— y no te precipites, que una vez que hayas comprometido a una no debes dejarla...»

—Pero mamá, si no se trata de compromisos... Primero hay que probar...

—No, nada de pruebas; nada de esos noviazgos; nada de eso de «hablo con Fulana». Todo seriamente...

En rigor, la tía Tula había ya hecho, por su parte, su elección y se proponía ir llevando dulcemente a su Ramirín a aquella que le había escogido, a Caridad.

—Parece que te fijas en Carita —le dijo un día.

—¡Psé!

—Y ella en ti, si no me equivoco.

—Y tú en los dos, a lo que parece...

—¿Yo? Eso es cosa vuestra, hijo mío, cosa vuestra...

Pero les fue llevando el uno al otro, y consiguió su propósito. Y luego se propuso casarlos cuanto antes. «Y que venga acá —decía— y viviremos todos juntos, que hay sitio para todos... ¡Una hija más!»

Y cuando hubo llevado a Carita a su casa, como mujer de su sobrino, era con ésta con la que tenía sus confidencias. Y era de quien trataba de sonsacar lo íntimo de su sobrino.

Le obligó, ya desde un principio, a que le tutease y le llamase madre. Y le recomendaba que cuidase sobre todo de la pequeñita, de la mansa, tranquila y medrosica Manolita.

—Mira, Caridad —le decía—, cuida sobre todo de esa pobrecita, que es lo más inocente y lo más quebradizo que hay y buena como el pan... Es mi obra...

—Pero si la pobrecita apenas levanta la voz..., si ni se le siente andar por la casa... Parece como que tuviera vergüenza hasta de presentarse...

—Sí, sí, es así... Harto he hecho por infundirle valor, pero en no estando arrimada a mí, cosida a mi falda, la pobrecita se encuentra como perdida. ¡Claro, como criada con biberón!

—El caso es que es laboriosa, obediente, servicial, pero ¡habla tan poco...! ¡Y luego no se la oye reír nunca...!

—Sólo alguna vez cuando está a solas conmigo, porque entonces es otra cosa, es otra Manolita..., entonces resucita... Y trato de animarla, de consolarla, y me dice: «No te canses, mamita, que yo soy así..., y además, no estoy triste...»

—Pues lo parece...

—Lo parece, sí, pero he llegado a creer que no lo está. Porque yo, yo misma, ¿qué te parezco, Carita, triste o alegre?

—Usted, tía...

—¿Qué es eso de usted y de tía?

—Bueno, tú, mamá, tú..., pues no sé si eres triste o alegre, pero a mí me pareces alegre...

—¿Te parezco así? ¡Pues basta!

—Por lo menos a mí me alegras...

—Y es a lo que nos manda Dios a este mundo, a alegrar a los demás.

—Pero para alegrar a los demás hay que estar alegre una...

—O no...

—¿Cómo no?

—Nada alegra más que un rayo de sol, sobre todo si da sobre la verdura del follaje de un árbol, y el rayo de sol no está ni alegre ni triste, y quién sabe..., acaso su propio fuego le consume... El rayo de sol alegra porque está limpio; todo lo limpio alegra... Y esa pobre Manolita debe alegrarte, porque a limpia...

—¡Sí, eso sí! Y luego esos ojos que tiene, que parecen...

—Parecen dos estanques quietos entre verdura... Los he estado mirando muchas veces y desde cerca. Y no sé de dónde ha sacado esos ojos... No son de su madre, que tenía ojos de tísica, turbios de fiebre..., ni son los de su padre, que era...

—¿Sabes de quién parecen esos ojos?

—¿De quién? —y Gertrudis temblaba al preguntarlo.

—¡Pues son tus ojos...!

—Puede ser..., puede ser... No me los he mirado nunca de cerca ni puedo vérmelos desde dentro, pero puede ser..., puede ser... Al menos le he enseñado a mirar...

XXI

¿Qué le pasaba a la pobre Gertrudis que se sentía derretir por dentro? Sin duda había cumplido su misión en el mundo. Dejaba a su sobrino mayor, a su Ramiro, a su otro Ramiro, a cubierto de la peor tormenta, embarcado en su barca de por vida, y a los otros hijos al amparo de él; dejaba un hogar encendido y quien cuidase de su fuego. Y se sentía deshacer. Sufría frecuentes embaimientos, desmayos, y durante días enteros lo veía todo como en niebla, como si fuese bruma y humo todo. Y soñaba; soñaba como nunca había soñado. Soñaba lo que habría sido si Ramiro hubiese dejado por ella a Rosa. Y acababa diciéndose que no habrían sido de otro modo las cosas. Pero ella había pasado por el mundo fuera del mundo. El padre Álvarez creía que la pobre Gertrudis chocheaba antes de tiempo, que su robusta inteligencia flaqueaba y que flaqueaba al peso mismo de su robustez. Y tenía que defenderle de aquellas sus viejas tentaciones.

Cuando un día se le acercó Caridad y, al oído, le dijo: «¡Madre...!», al notarle el rubor que le encendía el rostro, exclamó: «¿Qué? ¿Ya?» «¡Sí, ya!», susurró la muchacha. «¿Estás segura?» «¡Segura; si no, no te lo habría dicho!» Y Gertrudis, en medio de su goce, sintió como si una espada de hielo la atravesase por medio el corazón. Ya no tenía que hacer en el mundo más que esperar al nieto, al nieto de los suyos, de su Ramiro y su Rosa, a su nieto, e ir luego a darles la buena nueva. Ya apenas se cuidaba más que de Caridad, que era quien para ella llenaba la casa. Hasta de Manolita, de su obra, se iba descuidando, y la pobre niña lo sentía; sentía que el esperado iba relegándole en la sombra.

—Ven acá —le decía Gertrudis a Caridad, cuando alguna vez se encontraban a solas, ocasión que acechaba—, ven acá, siéntate aquí, a mi lado... ¿Qué, le sientes, hija mía, le sientes?

—Algunas veces...

—¿No llama? ¿No tiene prisa por salir a luz, a la luz del sol? Porque ahí dentro, a oscuras..., aunque esté ello tan tibio, tan sosegado... ¿No da empujoncitos? Si tarda no me va a ver..., no le voy a ver... Es decir: ¡si tarda, no!, si me apresuro yo...

—Pero, madre, no diga esas cosas...

—¡No digas, hija! Pero me siento derretir..., ya no soy para nada... Veo todo como empañado..., como en sueños... Si no lo supiera no podría ahora decir si tu pelo es rubio o moreno...

Y le acariciaba lentamente la espléndida cabellera rubia. Y como si viese con los dedos, añadía: «Rubia, rubia como el sol...»

—Si es chico, ya lo sabes, Ramiro, y si es chica..., Rosa.

—No, madre, sino Gertrudis..., Tula, mamá Tula...

—¡Tula..., bueno...! Y mejor si fuese una pareja, mellizos, pero chico y chica...

—¡Por Dios, madre!

—¿Qué? ¿Crees que no podrías con eso? ¿Te parece demasiado trabajo?

—Yo... no sé..., no sé nada de eso, madre; pero...

—Sí, eso es lo perfecto, una parejita de gemelos..., un chico y una chica que han estado abrazaditos cuando no sabían nada del mundo, cuando no sabían ni que existían; que han estado abrazaditos al calorcito del vientre materno... Algo así debe de ser el cielo...

—¡Qué cosas se te ocurren, mamá Tula!

—No ves que me he pasado la vida soñando...

Y en esto, mientras soñaba así y como para guardar en su pecho este último ensueño y llevarlo como viático al seno de la madre tierra, la pobre Manolita cayó gravemente enferma. «¡Ah, yo tengo la culpa —se dijo Gertrudis—, yo que con esto de la parejita de mi ensueño me he descuidado de esa pobre avecilla... Sin duda en un momento en que necesitaba de mi

153

arrimo ha debido de coger algún frío...» Y sintió que le volvían las fuerzas, unas fuerzas como de milagro. Se le despejó la cabeza, y se dispuso a cuidar a la enferma.

—Pero, madre —le decía Caridad—, déjeme que la cuide yo, que la cuidemos nosotras...; entre yo, Rosita y Elvira la cuidaremos.

—No; tú no puedes cuidarla como es debido, no debes cuidarla... Tú te debes al que llevas, a lo que llevas, y no es cosa de que por atender a ésta malogres lo otro... Y en cuanto a Rosita y Elvira, sí, son sus hermanas, la quieren como tales, pero no entienden de eso, y además la pobre, aunque se avenga a todo, no se halla sin mí... Un simple vaso de agua que yo le sirva le hace más provecho que todo lo que los demás le podáis hacer. Yo sola sé arreglarle la almohada de modo que no le duela en ella la cabeza y que no tenga luego pesadillas...

—Sí, es verdad...

—¡Claro, yo la crié...! Y yo debo cuidarla.

Resucitó. Volvióle todo el luminoso y fuerte aplomo de sus días más heroicos. Ya no le temblaba el pulso ni le vacilaban las piernas. Y cuando teniendo el vaso con la pócima medicinal que a las veces tenía que darle, la pobre enferma le posaba las manos febriles en sus manos firmes y finas, pasaba sobre su enlace como el resplandor de un dulce recuerdo, casi borrado para la encamada. Y luego se sentaba la tía Tula junto a la cama de la enferma y se estaba allí, y ésta no hacía sino mirarla en silencio.

—¿Me moriré, mamita? —preguntaba la niña.

—¿Morirte? ¡No, pobrecita alondra, no! Tú tienes que vivir...

—Mientras tú vivas...

—Y después..., y después...

—Después... no..., ¿para qué...?

—Pero las muchachas deben vivir...

—¿Para qué...?

—Pues.., para vivir..., para casarse, para criar familia...

—Pues tú no te casaste, mamita...

—No, yo no me casé; pero como si me hubiera casado... Y tú tienes que vivir para cuidar de tu hermano...

—Es verdad..., de mi hermano..., de mis hermanos...

—Sí, de todos ellos...

—Pero si dicen, mamita, que yo no sirvo para nada...

—¿Y quién dice eso, hija mía?

—No, no lo dicen..., no lo dicen..., pero lo piensan...

—¿Y cómo sabes tú que lo piensan?

—¡Pues... porque lo sé! Y además, porque es verdad..., porque yo no sirvo para nada, y después de que tú te me mueras yo nada tengo que hacer aquí. Si tú te murieras me moriría de frío...

—Vamos, vamos, arrópate bien y no digas esas cosas... Y voy a arreglarte esa medicina...

Y fue a ocultar sus lágrimas y a echarse a los pies de su imagen de la Virgen de la Soledad y a suplicarle: «¡Mi vida por la suya, Madre, mi vida por la suya! Siente que yo me voy, que me llaman mis muertos, y quiere irse conmigo; quiere arrimarse a mí, arropada por la tierra, allí abajo, donde no llega la luz, y que yo le preste no sé qué calor... ¡Mi vida por la suya, Madre, mi vida por la suya! Que no caiga tan pronto esa cortina de tierra de las tinieblas sobre esos ojos en que la luz no se quiebra, sobre esos ojos que dicen que son los míos, sobre esos ojos sin mancha que le di yo..., sí, yo... Que no se muera..., que no se muera... Sálvala, Madre, aunque tenga yo que irme sin ver al que ha de venir...»

Y se cumplió su ruego.

La pobre niña enferma fue recobrando vida; volvieron los colores de rosa a sus mejillas; volvió a mirar la luz del sol dando en el verdor de los árboles del jardincito de la casa, pero la tía Tula cayó con una broncopneumonía cogida durante la convalecencia de Manolita. Y entonces fue ésta la que sintió que brotaba en sus entrañas un manadero de salud, pues tenía que cuidar a la que le había dado vida.

Toda la casa vio con asombro la revelación de aquella vida.

—Di a Manolita —decía Gertrudis a Caridad— que no se afane tanto, que aún estará débil... Tú tampoco, por supuesto; tú te debes a los tuyos, ya lo sabes... Con Rosita y Elvira basta... Además, como todo ha de ser inútil... Porque yo ya he cumplido...

—Pero, madre...

—Nada, lo dicho, y que esa palomita de Dios no se malgaste...

—Pero si se ha puesto tan fuerte... Jamás hubiese creído...

—Y ella que se quería morir y creía morirse... Y yo también lo temí... ¡Porque la pobre me parecía tan débil...! Claro, no conoció a su padre que estaba ya herido de muerte cuando la engendró... Y en cuanto a su pobre madre, yo creo que siempre vivió medio muerta... ¡Pero esa chica ha resucitado!

—¡Sí, al verte en peligro ha resucitado!

—¡Claro, es mi hija!

—¿Más?

—¡Sí, más! Te lo quiero declarar ahora que estoy en el zaguán de la eternidad; sí, más. ¡Ella y tú!

—¿Ella y yo?

—¡Sí, ella y tú! Y porque no tenéis mi sangre. Ella y tú. Ella tiene la sangre de Ramiro, no la mía, pero la he hecho yo, ¡es obra mía! Y a ti yo te casé con mi hijo.

—Lo sé...

—Sí, como le casé a su padre con su madre, con mi hermana, y luego le volví a casar con la madre de Manolita...

—Lo sé..., lo sé...

—Sé que lo sabes, pero no todo...

—No, todo no...

—Ni yo tampoco... O al menos no quiero saberlo. Quiero irme de este mundo sin saber muchas cosas... Porque hay cosas que el saberlas mancha... Eso es el pecado original, y la Santísima Virgen Madre nació sin mancha de pecado original...

—Pues yo he oído decir que lo sabía todo...

—No, no lo sabía todo; no conocía la ciencia del mal..., que es ciencia...

—Bueno, no hables tanto, madre, que te perjudica...

—Más me perjudica cavilar, y si me callo cavilo..., cavilo...

XXII

La tía Tula no podía ya más con su cuerpo. El alma le re-
voloteaba dentro de él, como un pájaro en una jaula que se
desvencija, a la que deja con el dolor de quien le desollaran,
pero ansiando volar por encima de las nubes. No llegaría a
ver al nieto. ¿Lo sentía? «Allá arriba, estando con ellos —soñaba— sabré cómo es, y si es niño o niña..., o los dos..., y lo
sabré mejor que aquí, pues desde allí arriba se ve mejor y
más limpio lo de aquí abajo.»

La última fiebre teníala postrada en cama. Apenas si dis-
tinguía a sus sobrinos más que por el paso, sobre todo a Caridad y a Manolita. El paso de aquélla, de Caridad, llegába-
le como el de una criatura cargada de fruto y hasta le parecía
oler a sazón de madurez. Y el de Manolita era tan leve como el de un pajarito que no se sabe si corre o vuela a ras de
tierra. «Cuando ella entra —se decía la tía— siento rumor
de alas caídas y quietas.»

Quiso despedirse primero de ésta, a solas, y aprovechó un
momento en que vino a traerle la medicina. Sacó el brazo de
la cama, lo alargó como para bendecirla, y poniéndole la mano
sobre la cabeza, que ella inclinó con los claros ojos empañados, le dijo:

—¿Qué, palomita sin hiel, quieres todavía morirte...? ¡La
verdad!

—Si con ello consiguiera...

—Que yo no me muera, ¿eh? No, no debes querer morirte..., tienes a tu hermano, a tus hermanos... Estuviste cerca de
ello, pero me parece que la prueba te curó de esas cosas... ¿No
es así? Dímelo como en confesión, que voy a contárselo a los
nuestros...

—Sí, ya no se me ocurren aquellas tonterías...

—¿Tonterías? No, no eran tonterías. ¡Ah!, y ahora que dices eso de tonterías, tráeme tu muñeca, porque la guardas, ¿no es así? Sí, sé que la guardas... Tráeme aquella muñeca, ¿sabes? Quiero despedirme de ella también y que se despida de mí... ¿Te acuerdas? Vamos, ¿a que no te acuerdas?

—Sí, madre, me acuerdo.

—¿De qué te acuerdas?

—De cuando se me cayó en aquel patín de la huerta y Elvira me llamaba tonta porque lloraba tanto y me decía que de nada sirve llorar...

—Eso..., eso... ¿y qué más? ¿Te acuerdas de más?

—Sí, del cuento que nos contaste entonces...

—¿A ver, qué cuento?

—De la niña que se le cayó la muñeca en un pozo seco adonde no podía bajar a sacarla y se puso a llorar, a llorar, a llorar, y lloró tanto que se llenó el pozo con sus lágrimas y salió flotando en ellas la muñeca...

—¿Y qué dijo Elvirita a eso? ¿Qué dijo? Que no me acuerdo...

—Sí, sí te acuerdas, madre...[39].

—Bueno, ¿pues qué dijo?

—Dijo que la niña se quedaría seca y muerta de haber llorado tanto...

—¿Y yo qué dije?

—Por Dios, madre...

—Bueno, no lo digas, pero no llores así, palomita, no llores así..., que por mucho que llores no se llenará con tus lágrimas el pozo en que voy cayendo y no saldré flotando...

—Si pudiera ser...

—¡Ah, sí! Si pudiera ser yo saldría a cogerte y llevarte conmigo... Pero hay que esperar la hora. Y cuida de tus hermanos. Te los entrego a ti, ¿sabes?, a ti. Haz que no se den cuenta de que me he muerto.

—Haré todo lo que pueda...

[39] En la primeta edición, y por evidente error, «se acuerda» en lugar de «te acuerdas».

—Y yo te ayudaré desde arriba. Que no se enteren de que me he muerto...

—Te rezaré, madre...

—A la Virgen, hija, a la Virgen...

—Te rezaré, madre, todas las noches antes de acostarme...

—Bueno, no llores así...

—Pero si no lloro, ¿no ves que no lloro?

—Para lavar los ojos cuando han visto cosas feas no está mal, pero tú no has visto cosas feas, no puedes verlas...

—Y si es caso, cerrando los ojos...

—No, no, así se ven cosas más feas. Y pide por tu padre, por tu madre, por mí... No olvides a tu madre...

—Si no la olvido...

—Como no la conociste...

—¡Sí, la conozco!

—Pero a la otra, digo, a la que te trajo al mundo.

—¡Sí, gracias a ti la conozco; a aquélla!

—¡Pobrecilla! Ella no había conocido a la suya...

—¡Su madre fuiste tú, lo sé bien!

—Bueno, pero no llores...

—¡Si no lloro! —y se enjugaba los ojos con el dorso de la mano izquierda mientras con la otra temblorosa, sostenía el vaso de la medicina.

—Bueno, y ahora trae a la muñeca, que quiero verla. ¡Ah! ¡Y allí en un rincón de aquella arquita mía que tú sabes..., ahí está la llave..., sí, esa, esa...! Allí donde nadie ha tocado más que yo, y tú alguna vez; allí, junto a aquellos retratos, ¿sabes?, hay otra muñeca..., la mía..., la que yo tenía siendo niña..., mi primer cariño..., ¿el primero?... ¡Bueno! Tráemela también... Pero que no se entere ninguna de ésas, no digan que son tonterías nuestras, porque las tontas somos nosotras... Tráeme las dos muñecas, que me despida de ellas, y luego nos pondremos serias para despedirnos de los otros... Vete, que me viene un mal pensamiento —y se santiguó.

El mal pensamiento era que el susurro diabólico allá, en el fondo de las entrañas doloridas con el dolor de la partida, le decía: «¡muñecos todos!»

XXIII

Luego llamó a todos, y Caridad entre ellos.

—Esto es, hijos míos, la última fiebre, el principio del fuego del Purgatorio...

—Pero qué cosas dices, mamá.

—Sí; el fuego del Purgatorio, porque en el Infierno no hay fuego..., el Infierno es de hielo y nada más que de hielo. Se me está quemando la carne... Y lo que siento es irme sin ver, sin conocer, al que ha de llegar..., o a la que ha de llegar..., o los que han de llegar...

—Vamos, mama...

—Bueno, tú, Cari, cállate y no nos vengas ahora con vergüenza... Porque yo quería contarles todo a los que me llaman... Vamos, no lloréis así... Allí están... los tres...

—Pero no digas esas cosas...

—Ah, ¿queréis que os diga cosas de reír? Las tonterías ya nos las hemos dicho Manolita y yo, las dos tontas de la casa, y ahora hay que hacer esto como se hace en los libros...

—Bueno, ¡no hables tanto! El médico ha dicho que no se te deje hablar mucho.

—¿Ya estás ahí, tú, Ramiro? ¡El hombre! ¿El médico dices? ¿Y qué sabe el médico? No le hagáis caso... Y además es mejor vivir una hora hablando que dos días más en silencio. Ahora es cuando hay que hablar. Además, así me distraigo y no pienso en mis cosas...

—Pues ya sabes que el padre Álvarez te ha dicho que pienses ahora en tus cosas...

—Ah, ¿ya estás ahí tú, Elvira, la juiciosa? ¿Conque el padre Álvarez, eh?... el del remedio... ¿Y qué sabe el padre

Álvarez? ¡Otro médico! ¡Otro hombre! Además, yo no tengo cosas mías en que pensar..., yo no tengo mis cosas... Mis cosas son las vuestras..., y las de ellos..., las de los que me llaman... Yo no estoy ni viva ni muerta..., no he estado nunca ni viva ni muerta... ¿Qué? ¿Qué dices tú ahí, Enriquín? Que estoy delirando...

—No, no digo eso...

—Sí, has dicho eso, te lo he oído bien..., se lo has dicho al oído a Rosita... No ves que siento hasta el roce en el aire de las alas quietas de Manolita. Pues si deliro..., ¿qué?

—Que debes descansar...

—Descansar..., descansar..., ¡tiempo me queda para descansar!

—Pero no te destapes así...

—Si es que me abraso... Y ya sabes, Caridad, Tula, Tula como yo..., y él, el otro, Ramiro. Sí, son dos, él y ella, que estarán ahora abrazaditos..., al calorcito...

Callaron todos un momento. Y al oír la moribunda sollozos entrecortados y contenidos, añadió:

—Bueno, ¡hay que tener ánimo! Pensad bien, bien, muy bien, lo que hayáis de hacer, pensadlo muy bien..., que nunca tengáis que arrepentiros de haber hecho algo y menos de no haberlo hecho... Y si veis que el que queréis se ha caído en una laguna de fango y aunque sea en un pozo negro, en un albañal, echaos a salvarle, aun a riesgo de ahogaros, echaos a salvarle..., que no se ahogue él allí..., o ahogaros juntos... en el albañal..., servidle de remedio, sí, de remedio..., ¿que morís entre légamo y porquería? no importa... Y no podréis ir a salvar al compañero volando sobre el ras del albañal porque no tenemos alas..., no, no tenemos alas..., o son alas de gallina, de no volar..., y hasta las alas se mancharían con el fango que salpica el que se ahoga en él... No, no tenemos alas..., a lo más de gallina... No somos ángeles..., lo seremos en la otra vida..., donde no hay fango, ¡ni sangre! Fango hay en el Purgatorio, fango ardiente, que quema y limpia..., fango que limpia, sí... En el Purgatorio les queman a los que no quisieron lavarse con fango, sí, con fango... Les queman con estiércol ardiente..., les lavan con porquería... Es lo último que os digo, no tengáis miedo a la podredumbre... Rogad por mí, y que la Virgen me perdone.

Le dio un desmayo. Al volver de él no coordinaba los pensamientos. Entró luego en una agonía dulce. Y se apagó como se apaga una tarde de otoño cuando las últimas razas del sol, filtradas por nubes sangrientas, se derriten en las aguas serenas de un remanso del río en que se reflejan los álamos —sanguíneo su follaje también— que velan a sus orillas.

XXIV

¿Murió la tía Tula? No, sino que empezó a vivir en la familia, e irradiando de ella, con una nueva vida más entrañada y más vivifica, con la vida eterna de la familiaridad inmortal. Ahora era ya para sus hijos, sus sobrinos, la Tía, no más que la Tía, ni *madre* ya ni *mamá*, ni aun tía Tula, sino sólo la Tía. Fue este nombre de invocación, de verdadera invocación religiosa, como el canonizamiento doméstico de una santidad de hogar. La misma Manolita, su más hija y la más heredera de su espíritu, la depositaria de su tradición, no le llamaba sino la Tía.

Mantenía la unidad y la unión de la familia, y si al morir ella afloraron a vista de todos, haciéndose patentes, divisiones intestinas antes ocultas, alianzas defensivas y ofensivas entre los hermanos, fue porque esas divisiones brotaban de la vida misma familiar que ella creó. Su espíritu provocó tales disensiones y bajo de ellas y sobre ellas la unidad fundamental y culminante de la familia. La tía Tula era el cimiento y la techumbre de aquel hogar.

Formáronse en éste dos grupos: de un lado, Rosita, la hija mayor de Rosa, aliada con Caridad, con su cuñada y no con su hermano, no con Ramiro; de otro, Elvira, la segunda hija de Rosa, con Enrique, su hermanastro, el hijo de la hospiciana, y quedaban fuera Ramiro y Manolita. Ramiro vivía, o más bien se dejaba vivir, atento a su hijo y al porvenir que podía depararle otros y a sus negocios civiles, y Manolita, atenta a mantener el culto de la Tía y la tradición del hogar.

Manolita se preparaba a ser el posible lazo entre cuatro probables familias venideras. Desde la muerte de la Tía habíase revelado. Guardaba todo su saber, todo su espíritu; las mismas frases recortadas y aceradas, a las veces repetición de las que oyó a la otra, la misma doctrina, el mismo estilo y hasta el mismo gesto. «¡Otra tía!», exclamaban sus hermanos, y no siempre llevándoselo a bien. Ella guardaba el archivo y el tesoro de la otra; ella tenía la llave de los cajoncitos secretos de la que se fue en carne y sangre; ella guardaba, con su muñeca de cuando niña, la muñeca de la niñez de la Tía, y algunas cartas, y el devocionario y el breviario de don Primitivo; ella era en la familia quien sabía los dichos y hechos de los antepasados dentro de la memoria: de don Primitivo, que nada era de su sangre; de la madre del primer Ramiro; de Rosa; de su propia madre Manuela, la hospiciana —de ésta no dichos ni hechos, sino silencios y pasiones—, ella era la historia doméstica; por ella se continuaba la eternidad espiritual de la familia. Ella heredó el alma de ésta, espiritualizada en la Tía.

¿Herencia? Se trasmite por herencia en una colmena el espíritu de las abejas, la tradición abejil, el arte de melificación y de la fábrica del panal, la *abejidad* y no se trasmite, sin embargo, por carne y por jugos de ella. La carnalidad se perpetúa por zánganos y por reinas, y ni los zánganos ni las reinas trabajaron nunca, no supieron ni fabricar panales, ni hacer miel, ni cuidar larvas, y no sabiéndolo, no pudieron trasmitir ese saber, con su carne y sus jugos, a sus crías. La tradición del arte de las abejas de la fábrica del panal y el laboreo de la miel y la cera, es, pues, colateral y no de trasmisión de carne, sino de espíritu, y débese a las tías, a las abejas que ni fecundan huevecillos ni los ponen. Y todo esto lo sabía Manolita, a quien se lo había enseñado la Tía, que desde muy joven paró su atención en la vida de las abejas y la estudió y meditó, y hasta soñó sobre ella. Y una de las frases de íntimo sentido, casi esotérico, que aprendió Manolita de la Tía y que de vez en cuando aplicaba a sus hermanos, cuando dejaban muy al desnudo su masculinidad de instintos, era decirles: «¡Cállate, zángano!» Y zángano tenía para ella, como lo había tenido para la Tía, un sentido de largas y profundas resonancias. Sentido que sus hermanos adivinaban.

La alianza entre Elvira, la hija del primer Ramiro que le costó la vida a Rosa, su primera mujer, y Enrique, el hijo del pecado de aquél y de la hospiciana, era muy estrecha. Queríanse los hermanastros más que cualesquiera otros de los cinco entre sí. Siempre andaban en cuchicheos y en secretos. Y esta a modo de conjura desasosegábale a Manolita. No que le doliera que su hermano uterino, el salido del mismo vientre de donde ella salió, tuviese más apego a hermana nacida de otra madre, no; sentía que a ella no había de apegársele ninguno de sus hermanos y complacíase en ello. Pero aquel afecto más que fraternal le era repulsivo.

—Ya estoy deseando —les dijo una vez— que uno de vosotros se enamore; que tú, Enrique, te eches novia o que a ésta, a ti, Elvira, te pretenda alguno...

—¿Y para qué? —preguntó ésta.

—Para que dejéis de andar así, de bracete por la casa, y con cuentecitos al oído y carantoñas, arrumacos y lagoterías...

—Acaso entonces más... —dijo Enrique.

—¿Y cómo así?

—Porque ésta vendrá a contarme los secretos de su novio, ¿verdad, Elvira?, y yo le contaré, ¡claro está!, los de mi novia...

—Sí, sí... —exclamó Elvira a punto de palmotear.

—Y os reiréis uno y otro del otro novio y de la otra novia, ¿no es así?... ¡qué bonito!

—Bueno, ¿y qué diría a esto la Tía? —preguntó Elvira mirándole a Manolita a los ojos.

—Diría que no se debe jugar con las cosas santas y que sois unos chiquillos...

—Pues no repitas con la Tía —le arguyó Enrique—aquello del Evangelio de que hay que hacerse niño para entrar en el reino de los cielos...

—¡Niño, sí! ¡Chiquillo, no!

—¿Y en qué se le distingue al niño del chiquillo...?

—¿En qué? En la manera de jugar.

—¿Cómo juega el chiquillo?

—El chiquillo juega a persona mayor. Los niños no son, como los mayores, ni hombres ni mujeres, sino que son como los ángeles. Recuerdo haberle oído decir a la Tía que había oído que hay lenguas en que el niño no es ni masculino ni femenino, sino neutro...

—Sí —añadió Enrique— en alemán. Y la señorita es neutro...

—Pues esta señorita —dijo Manolita intentando, sin conseguirlo, teñir de una sonrisa estas palabras— no es neutra...

—¡Claro que no soy neutra; pues no faltaba más...!

—¡Pero bueno, nada de chiquilladas!

—Chiquilladas, no; niñerías, eso, ¿no es eso?

—¡Eso es!

—Bueno, ¿y en qué las conoceremos?

—Basta, que no quiero deciros más. ¿Para qué? Porque hay cosas que al tratar de decirlas se ponen más oscuras...

—Bien, bien, tiíta —exclamó Elvira abrazándola y dándole un beso—, no te enfades así... ¿Verdad que no te enfadas, tiíta...?

—No; y menos porque me llames tiíta...

—Si lo hacía sin intención...

—Lo sé; pero eso es lo peligroso. Porque la intención viene después...

Enrique hizo una carantoña a su hermana completa y cogiendo a la otra, a la hermanastra, por debajo de un brazo, se la llevó consigo.

Y Manolita, viéndoles alejarse, quedó diciéndose: «¿Chiquillos? ¡En efecto, chiquillos! ¿Pero he hecho bien en decirles lo que les he dicho? ¿He hecho bien, Tía?», e invocaba mentalmente a la Tía. «La intención viene después... ¿No soy yo la que con mis reconvenciones voy a darles una intención que les falta? Pero, ¡no, no! ¡Que no jueguen así! ¡Porque están jugando...! ¡Y ojalá les salga pronto el novio a ella y la novia a él!»

166

XXV

El otro grupo lo formaban en la familia, no Rosita y Ramiro, sino la mujer de éste, Caridad, y aquella su cuñada. Aunque en rigor era Rosita la que buscaba a Caridad y le llevaba sus quejas, sus aprensiones, sus suspicacias. Porque iba, por lo común, a quejarse. Creíase, o al menos aparentaba creer, que era la desdeñada y la no comprendida. Poníase triste y como preocupada en espera de que le preguntasen qué era lo que tenía, y como nadie se lo preguntaba sufría con ello. Y menos que los otros hermanos se lo preguntaba Manolita, que se decía: «Si tiene algo de verdad y más que gana de mimo y de que nos ocupemos especialmente en ella, ya reventará.» Y la preocupada sufría con ello.

A su cuñada, a Caridad, le iba sobre todo con quejas de su marido; complacíase en acusar a éste, a Ramiro, de egoísta. Y la mujer le oía pacientemente y sin saber qué decirle.

—Yo no sé, Manuela —le decía a ésta Caridad, su cuñada— qué hacer con Rosa... Siempre me está viniendo con quejas de Ramiro: que si es un orgulloso, que si un egoísta, que si un distraído...

—¡Llévale la hebra y dile que sí!

—¿Pero cómo? ¿Voy a darle alas?

—No, sino a cortárselas.

—Pues no lo entiendo. Y además, eso no es verdad; ¡Ramiro no es así!

—Lo sé, lo sé muy bien. Sé que Ramiro podrá tener, como todo hombre, sus defectos...

—Y como toda mujer.

—¡Claro, sí! Pero los de él son defectos de hombre...

—¡De zángano, vamos!

—Como quieras; los de Ramiro son defectos de hombre, o si quieres, pues que te empeñas, de zángano...

—¿Y los míos?

—¿Los tuyos, Caridad? Los tuyos... ¡de reina!

—¡Muy bien! ¡Ni la Tía...!

—Pero los defectos de Ramiro no son los que Rosa dice. Ni es orgulloso, ni es egoísta, ni es distraído...

—¿Y entonces por qué voy a llevarle la hebra como dices?

—Porque eso será llevarle la contraria. Lo sé muy bien. La conozco.

Cierta mañana, encontrándose las tres, Caridad, Manuela y Rosa, comenzó ésta el ataque.

R.—¡Vaya unas horas de llegar anoche tu maridito!

Nunca hablando con su cuñada le llamaba a Ramiro «mi hermano», sino siempre: «tu marido».

C.—¿Y qué mal hay en ello?

M.—Y tú, Rosa, estabas a esas horas despierta...

R.—Me despertó su llegada...

M.—¿Sí, eh?

C.—Pues a mí apenas si me despertó...

R.—¡Vaya una calma!

M.—Aquí Caridad duerme confiada y hace bien.

R.—¿Hace bien...? ¿Hace bien...? No lo comprendo.

M.—Pues yo sí. Pero tú, parece que te complaces en eso, que es un juego muy peligroso y muy feo...

C.—¡Por Dios, Manuela!

R.—Déjale, déjale a la tía...

M.—Con el acento que ahora le pones, la tía aquí eres ahora tú...

R.—¿Yo? ¿Yo la tía?

M.—Sí, tú, tú, Rosa. ¿A qué viene querer provocar celos en tu hermana?

C.—Pero si Rosa no quiere hacerme celosa, Manuela...

M.—Yo sé lo que me digo, Caridad.

R.—Sí, aquí ella sabe lo que se dice...

M.—Aquí sabemos todos lo que queremos decir y yo sé, además, lo que me digo, ¿me entiendes, Rosa?

R.—El estribillo de la Tía...

M.—Sea. Y te digo que serías capaz de aceptar el peor novio que se te presente y casarte con él no más que para provocarle a que te diese celos, no a dárselos tú...

R.—¿Casarme yo? ¿Yo casarme? ¿Yo novio? ¡Las ganas...!

M.—Sí, ya sé que dices, aunque no sé si lo piensas, que no te has de casar, que tú no quieres novio... Ya sé que andas en si te vas o no a meter monja...

C.—¿Y cómo lo has sabido, Manuela?

M.—Ah, ¿pero vosotras creéis que no me percato de vuestros secretos? Precisamente por ser secretos...

R.—Bueno, y si pensara yo en meterme monja, ¿qué? ¿Qué mal hay en ello? ¿Qué mal hay en servir a Dios?

M.—En servir a Dios, no, no hay mal ninguno... Pero es que si tú entrases monja no sería por servir a Dios...

R.—¿No? ¿Pues por qué?

M.—Por no servir a los hombres ni a las mujeres...

C.—Pero por Dios, Manuela, qué cosas tienes...

R.—Sí, ella tiene sus cosas y yo las mías... ¿Y quién te ha dicho, hermana, que desde el convento no se puede servir a los hombres...?

M.—Sin duda, rezando por ellos...

R.—¡Pues claro está! Pidiendo a Dios que les libre de tentaciones...

M.—Pero me parece que tú más que a rezar «no nos dejes caer en la tentación» vas a «no me dejes caer en la tentación...»

R.—Sí, que voy a que no me tienten...

M.—¿Pues no has venido acá a tentar a Caridad, tu hermana? ¿O es que crees que no era tentación eso? ¿No venías a hacerle caer en tentación?

C.—No, Manuela, no venía a eso. Y además sabe que no soy celosa, que no lo seré, que no puedo serlo...

R.—Déjale, déjale, Caridad, déjale a la abejita, que pique..., que pique...

M.—Duele, ¿eh? Pues, hija, rascarse...

R.—*Hija* ahora, ¿eh?

M.—Y siempre hermana.

R.—Y dime tú, hermanita, la abejita, ¿tú no has pensado nunca en meterte en un panal así, en una colmena...?

M.—Se puede hacer miel y cera en el mundo...

R.—Y picar...

M.—¡Y picar, exacto!

R.—Vamos, sí, que tú, como tía Tula, vas para tía...

M.—Yo no sé para lo que voy, pero si siguiera el ejemplo de la Tía no habría de ir por mal camino. ¿O es que crees que marró ella el suyo? ¿Es que has olvidado sus enseñanzas? ¿Es que trató ella nunca de encismar a los de casa? ¿Es que habría ella nunca denunciado un acto de uno de sus hermanos?

C.—Por Dios, Manuela, por la memoria de tía Tula, cállate ya... Y tú, Rosa, no llores así..., vamos, levanta esa frente..., no te tapes así la cara con las manos..., no llores así, hija, no llores así...

Manuela le puso a su hermanastra la mano sobre el hombro y con una voz que parecía venir del otro mundo, del mundo eterno de la familia inmortal, le dijo:

—¡Perdóname, hermana, me he excedido..., pero tu conducta me ha herido en lo vivo de la familia, y he hecho lo que creo que habría hecho la tía en este caso..., perdónamelo!

Y Rosa, cayendo en sus brazos y ocultando su cabeza entre los pechos de su hermana, le dijo entre sollozos:

—¡Quien tiene que perdonarme eres tú, hermana, tú! Pero hermana.., no, sino madre..., ni madre... ¡Tía! ¡Tía!

—¡Es la Tía, la tía Tula, la que tiene que perdonarnos y unirnos y guiarnos a todos! —concluyó Manuela.

Colección Letras Hispánicas